海德堡语丝

金耀基

金耀基（King Yeo-Chi, Ambrose）

著名社會學家、政治學家、教育家、散文家和書法家。一九三五年生，浙江天台縣人。台灣大學法學學士，台灣政治大學政治學碩士，美國匹茲堡大學哲學博士。曾任香港中文大學新亞書院院長，社會學系主任，社會學講座教授，大學副校長、校長等職。先後於英國劍橋大學、美國麻省理工學院訪問研究，美國威斯康辛大學、德國海德堡大學任訪問教授。二〇〇四年自大學退休。現為香港中文大學榮休社會學講座教授，台灣中研院院士（一九九四至今），西泠印社社員。

1985 年 10 月海德堡的學生王子酒館

1985 年海德堡古橋邊

1985 年 11 月德首都波恩國會大廈附近萊茵河畔

1985 年 11 月德國波恩的市場中貝多芬像

1985 年 12 月德國哥廷根街景

1986 年 1 月慕尼黑街頭

目錄

附錄

代序：
談談我三本「語絲」的今生來世

（一）

假如我沒有到過劍橋、海德堡、敦煌，就不會有《劍橋語絲》、《海德堡語絲》及《敦煌語絲》三書；我去了劍橋、海德堡、敦煌三座獨有風姿的城市，如果沒有寫這三本「語絲」，便不止有負這三座名城，也有負自己的「文學之我」。

我終其一生，以學術（社會學）書寫為志業，先後出版的中、英著作百萬餘言，但我始終對文學有不可或離的興趣，一有自由自在的日子，便會書寫起舒我胸臆的散文來。

（二）

一九七五——一九七六年，我從香港中文大學得到一年的長假，並受邀到英國劍橋大學（十個月）與美國劍橋的 M.I.T（二個月）作訪問學人。到了劍橋，一抬眼，便見到徐志摩沒有帶走的那片雲彩，由於劍橋不尋常的美，不尋常的迷人，我內心的詩意衝動便促使我寫了十幾篇在劍橋的所見、所思、所感。這便是我一九七七年出版的第一本散文集《劍橋語絲》。《劍橋語絲》一問世，就有洛陽紙貴的效應，很似我一九六六年發表的《從傳統到現代》第一本講中國現代化的學術著作。報章上出現了不少讚美的評論（部分可見我〈「語絲」的知音〉一文）。我這裏只想引述當年台灣文學界聞人張佛千先生（他曾是台灣新聞處處長，但我從未識面）給我信中的二段話，他說：「……您寫劍橋，文章好到使我不想親身去看劍橋，而願意『讀遊』……您的魔筆引導我走進劍橋，不僅看到屋宇、草坪、橋、河等，以及活動其中的人物的風徽，更引導我們走進古代的劍橋，劍橋的深處。我想，從來沒有一個人的筆下所能有這樣使人『讀遊』的魔力。」又說：「對於大作，剪置案上，句句皆美，選摘為難，這真是最精美的散文詩，遠逾徐志摩、聞一多諸人之作，自有新文學以來所未有也。」（見我的《人間有知音：金耀基師友書信集》，香港：中華書局，二〇一八年，頁二九〇—二九一）

說實話，我讀到張佛千這樣的名士如此推美，我是有些醉意的。不過，《劍橋語絲》帶給我最大的快樂是我父親、業師王雲五和美學老人朱光潛的稱許和讚賞。一九七七年出版的《劍橋語絲》迄今已近半個世紀，想不到以文學評論著名的黃維樑教授在其二〇二二年出版的《文學家之徑》中，指《劍橋語絲》中的一些細膩的書寫體現的是我的「陰陽美學」，是傲立散文界的一種獨特文體，並稱我是學術界、藝術界、教育界的一種「金光燦爛」的「稀有金屬」。這倒是令我怦然心動的稀有稱謂！有一點，我是有自信的，五百年後劍橋仍巍然存在，《劍橋語絲》讀者中亦必有像黃維樑一樣的懂書人。

（三）

一九八五年，我自新亞書院院長退下，得到大半年的長假，並受德國海德堡大學之邀，出任社會學訪問教授。我之去海德堡，主因海德堡大學是二十世紀初社會學宗師麥克斯．韋伯（Max Weber）講學著述之所，我特別希望到「韋伯學」專家施洛克特（W. Schluchter）教授主持的海大社會學所，那是「韋伯學」研究的中心。一九七六年初夏我曾從劍橋到海德堡小遊，即使已習慣了劍橋的美，我仍然為海德堡的美所眩惑。一九八五年，我在海城剛飄下第一片落葉的初秋，重臨舊地，越發感到這山水之城的綺麗和嫵媚，怪不得海德堡一向有令人「失魂之城」的美譽。在海大，除了作幾次學術報告，我是絕對自由自在的，也因此，我去過德國幾個主要的大學小城，也幾乎訪遍西德的歷史名都。我到過與海德堡齊名的奧地利薩爾斯堡，也在作客西柏林的柏林高等研究院（The Berlin Institute for Advanced Study）後，通過柏林牆，還不請自去到東德東柏林的漢堡大學，並在學生餐廳與十數位年輕學子大談東西德統一的「能不能」和「好不好」的問題。

我在海德堡半年，一百多個寧靜的日子，不止讓我有時間讀書研究，還真正有機會冷靜地思考。這是我第二次到德國，但卻是我第一次「發現」德國，我先後在海城的尼加河畔和瑪茲街兩個羈旅的客舍裏寫了十篇隨感式的散文，我用不少筆墨寫海城之秋以及與秋有關的種種，但我落筆最重的是對德國的文化、歷史、政治的所見、所思與所感。這些我的所見、所思與所感的文字便成了我的第二本散文集——《海德堡語絲》。一九八六年，《海德堡語絲》出版後，便與她的姐妹篇《劍橋語絲》風行於兩岸三地。誠然，最令我歡然有喜的是散文家董橋品題我的散文為「金體文」。他在一篇〈「語絲」的語絲〉中論到金體文時說：「這是文學的神韻，是社會學的視野，是文化的倒影，更是歷史多情的呢喃，都在金耀基的胸中和筆底。」這是我之所以視董橋為「金體文」的第一知音。之後，我看到梁錫華（佳蘿）討論我的《海德堡語絲》的一篇高水平的書評，梁錫華是徐志摩專家，也是比較文學的教授，他顯然是一個喜歡「金體文」的人。他說：「『金體文』，可誦」，有「文士德性，哲人頭腦，且有行政高材的社會學家……『金體文』往往給讀者以啟迪，又豈只松風明月、石上清泉而已」。梁錫華評論最透的是他看到我書中的寫秋和我的「秋思」，他認為我筆下的秋和十八世紀英國詩人湯普遜（James Thompson，一七〇〇——一七四八）的寫秋名篇 *The Seasons* 內的若干詩句，「竟是隔代輝映，格調相類」。最後，他評《海德堡語絲》說：「處身在宏麗的文學殿堂，金氏書的金光，無疑會長期閃亮於遊記文學的一角，即使歲月無情，相信也難把它沖刷掩藏」。

（四）

《劍橋語絲》和《海德堡語絲》分別於一九七七年和一九八六年問世，寫的是英國和德國二個迷你型的美麗名城，多年來，頗有些人笑鬧我，「怎麼沒有一本寫中國的？」說實話，這完全不是刻意的選擇，而純然是機緣。我在中文大學任職期間（一九七〇—二〇〇四），我其中的二次長假（一九七五—一九七六，一九八五）訪學或講學，去的是劍橋大學與海德堡大學，這才會有《劍橋語絲》和《海德堡語絲》。

二〇〇四年，我從香港中大退休，開始了我一生中的長假。二〇〇七年，我有了二次不很尋常的故國中土之行。一是回到六十年未回的原鄉——天台；一是去了多年來一直想去的沙漠藝都——敦煌。返港後，興致勃勃地寫了〈歸去來兮，天台〉與〈敦煌語絲〉兩個長篇。當時主持牛津大學中文出版的林道群兄，第一時間建議我將這二個長篇再加上我一九八五年的中國行所寫的〈最難忘情是山水〉長篇，合為一集出版。這是我的第三本散文集《敦煌語絲》的由來。

寫到這裏，我不由想起二〇〇七年七月十日《明報月刊》總編輯潘耀明在收到〈歸去來兮，天台〉長文後給我的信，他說：「拜讀鴻文，果然筆下不凡，卅年前《劍橋語絲》、《海德堡語絲》已成美文範本，已斷響多時，他日如能結集《神州語絲》，必大放異彩……」。我覺得潘耀明絕對是我散文的知音人，我有時也覺得我的第三本散文集如用《神州語絲》為名，也是很好的。其實，《敦煌語絲》一書是三個長篇的結集，所寫的正是我三次神州之旅中所見、所思與所感。因其中〈敦煌語絲〉一文篇幅最多，而「敦煌」二字既響亮，又夠「中國」，故〈敦煌語絲〉的「篇名」也就成了「書名」。

「敦煌」是我認為一生中不能不到的地方。敦煌建於漢代，是古絲路的重鎮。二世紀時已是中國與西域多國交通、貿易、文化交流的一個華戎聚居的「國際」都會了。故當地人風趣地說，「敦煌是昨日的香港」，這對來自香港的我真頗有些觸動。

今日敦煌是坐落在「西出陽關無故人」的陽關之外的戈壁沙漠中的藝術石窟群，當我親睹莫高窟、榆林窟、炳靈寺的魏晉、隋唐、宋元的壁畫、塑像，特別是美之極致的飛天時，內心的歡悅真非筆墨所可形容。敦煌之行，不啻是穿越了千年的歷史隧道，有了一次長長的美的巡禮。我之寫〈敦煌語絲〉，實希望未到過敦煌的人也可少少領略這座沙漠藝都的「可以言傳」的美。

〈歸去來兮，天台〉一文，是寫我回到離別了一個甲子的家鄉天台。天台是千年古城，天台山是天台的精靈所在，它是佛教第一宗（天台宗）的發祥地，也是道教南宗的祖庭。東晉文豪孫綽讚美天台山是「山水之神秀者也」，中國第一位大旅行家徐霞客出遊的第一座名山正是天台山。有唐一代，有逾四百位詩人，包括李白、王維、孟浩然、劉禹錫、白居易、杜牧等先後慕名而來，所謂「浙東唐詩之路」的目的地也就是天台山。天台山的國清寺是隋代古剎，已一千四百年了。歷史上聲名遠揚的寒山和濟公活佛都與天台有不解緣。天台有八大景、五小景，有名有姓的三十六景。我第一次返鄉，主要是為了探望雙親的故居，拜祭祖父母之墓，家鄉的勝景美色，當然不能也不必一次看盡。我在〈歸去來兮，天台〉的文尾説：「山水常有，鄉情常在，我們今日未到不到的地方，都是為他年他日再來時。」是的，二〇一九年三月，我與妻帶着小孫女雨霎再返天台。這一次，除與前一次結交的上一輩鄉賢敘舊外，更結識了朱明旺伉儷、盧益民、金正飛、趙宗彪、王寒等中生代的表表者。在他們熱情親切的陪伴下，雖未能走透天台，但畢竟到了許多上次想到未到的地方。我登上了可以賞「雲錦杜鵑」，可以品雲霧清茶的天台山之巔的華頂，更到了夢遊已久、母親口中常念的「石樑飛瀑」。此行可謂是圓夢之旅了。回港後，接到趙宗彪先生四月十一日的《台州日報》，上面有他寫的〈江山萬里故園情——金耀基先生回鄉記〉，展讀之餘，不勝歡喜。趙宗彪不愧是台州才子，凌雲健筆，口碑早在。這次中華版《敦煌語絲》中，我特地把宗彪之文收入附錄中，以饗讀者。坦白説，我之寫〈歸去來兮，天台〉固然是為滿足一己的思鄉之情，但亦是覺得天台之美，不可自私享有，應該讓天下人知道天台是神州一座絕色的山水之城。

〈最難忘情是山水〉是《敦煌語絲》的第三個

長篇，寫於一九八五年，那是我一九四九年離開大陸後第一次的故國之行。是年五月九日，我隨港中大馬臨校長率領的一個七人代表團訪問北京大學、清華大學及中國科學院。中大代表團北上不止是禮貌式的報聘，也是具體落實學術上的交流與合作。當然，到了古都北京，除了參觀北大清華特有風致的校園，少不得去了故宮、天壇、長城這些名震遐邇的百千年勝跡。

北京訪問之後，我又轉到江南作九日之遊。事先元禎與我在香港參加了一個商業性的旅行團，行程是香港—廣州—蘇州—無錫—杭州—上海—廣州—香港。我與妻是五月十八日在南京與旅行團會合的。江南之行共十七天，先後歷七城，縱貫大江南北。雖是走馬看花，卻也是點滴在心頭，一路所見、所思、所感都一一做了筆記，返港後即寫成萬言長篇，寫得最多的是山水名勝的觀感與情思，故名此篇為〈最難忘情是山水〉。一九八五年，大陸改革開放不久，兩岸的交流未啟，大陸與台灣對言論仍各有大大小小的禁忌與禁制。台灣的《聯合報》因大文士高陽精明的編輯巧思，才得以刊出我這篇〈最難忘情是山水〉，而此文一經刊出，便百口傳誦，並聽不到半點的政治雜音（這反映此文發表時，兩岸的政治氣候已生變化，台灣當時的政治禁忌與禁制已完全是不必要的）。當然，〈最難忘情是山水〉一文所受到的一片讚美，莫過於著名史學家牟潤孫先生的一紙美言。牟教授在給我的信中說：「在《明報月刊》得讀大作〈最難忘情是山水〉，為之傾倒，真當代第一文情並茂之作也。弟唯有欽羨，而絕無此才力成此類名世之佳製。」（此信刊於金耀基《人間有知音：金耀基師友書信集》，香港：中華書局，二〇一八年，頁二九八）

牟潤孫先生是當代魏晉史學名家，與我同輩的史學者逯耀東即師從於牟老。一九七〇年我自美到港參加港中大新亞書院時，牟先生是港中大錢穆先生外唯一的歷史學講座教授，我曾在校園遠遠看見過牟教授，但從未面晤。他給我寫信時，已是望八之齡，退休已多年，想不到他對我這個社會學系的後學如此推美，我是感動難語的。歲月匆匆，而今牟老早已仙歸道山，而我竟亦已到望九之齡，真有隔世之感！我這次刊引牟潤孫教授之信，固是為我「語絲」加持，亦是望後世讀「語絲」之人，可以知有牟潤孫這樣老輩學者的不可及的識見與襟懷。

（五）

二〇一二年香港中華書局有出版「香港散文典藏」之計劃，並以「金耀基集」徵文於我。我欣然同意，並選出我三本「語絲」中多篇文字以應，最後問世的「金耀基集」是由黃子平編選的《是那片古趣的聯想》。這是我與香港中華書局的首次愉快合作。後來我知道最喜歡我語絲散文的是當時中華的總經理趙東曉博士。二〇一七年，趙東曉博士又以集古齋總經理的身份，為我在集古齋舉辦了我首次的個人書法展（迄今已在香港、上海、北京、杭州、青島辦過六次展覽）。二〇二〇年與二〇二三年，東曉（現任香港中華書局董事長）與侯明（香港中華書局總經理兼總編輯）又在中華書局先後為我出版了《百年中國學術與文化之變》及《從傳統到現代》的「擴大版」（一九六六年台灣初版重版外，另增十四篇的論文集）。去年（二〇二三年）因牛津大學出版社的中文部停運後，我決定將在牛津出版的九本書的版權分別轉給香港中文大學出版社及香港中華書局。因中華書局在「香港散文典藏」中已有了「金耀基集」，我的三本「語絲」最合理的最後歸宿應是香港中華書局。我高興知道東曉、侯明和周建華（新任中華總經理兼總編輯）已向我的三本「語絲」伸出歡迎之手。當然，在三本「語絲」出版之際，我要對編輯黎耀強先生和他的團隊的專業精神和服務熱誠表示敬意和感謝。是為序。

金耀基

二〇二四年四月十日

自序（一九八六年）

十年前（1975－1976）在劍橋待了一整年。我極為鍾意那個天清地寧、充滿靈秀之氣的大學城，雖無濟慈的詩才，卻有他作詩的衝動。我不知不覺寫了好幾篇抒情寫景的散文，後來出了一本《劍橋語絲》的小書。

去年（1985）九月我去了德國的海德堡。我想有個靜靜讀書的環境，特別想了解一下德國研究馬克斯・韋伯（Max Weber）的情形。韋伯是現代社會學的宗師，講社會學離不開韋伯，而韋伯、海德堡、社會學這三者有美妙的關係。海德堡大學就是當年韋伯讀過書、教過書的地方。今日海大的社會學研究所是「韋伯學」的一個重要中心。既然德國給了我一個研究訪問的機會，我就毫無考慮地選擇了海德堡。十年前的五月晚春，我從劍橋曾到過海城小遊，不消説，我有過一次「驚豔」的喜悦。這一次在海城剛飄下第一片落葉的初秋，我重臨舊地。住下來後，越發感到這個山水之城的嫵媚與綺麗。

海德堡與劍橋是二種不同的美，二種不同的靈韻。而海城的秋色，清麗照眼，令人恨不得一手擁抱，只苦沒有端納（Turner）的彩筆，就寫起自說自話的散文來了。第一篇甫刊出，《明報月刊》主編董橋兄的限時快函就來了，勸我「多寫，多寫」。董橋自己寫一手好散文，眼高手也高，但他對我這類「小品」似有偏愛，還給它取了「金體文」的雅名。我已忘了郵差先生為他專送了幾封限時的快函了。不論短的、長的，都是文情並茂的「勸書」，也差不多是每讀完他的來信之後，我就想着下一篇的篇名了。的確，沒有他這樣一位勤於寫信、善於寫信的編者朋友的敦促，這本小書是不會問世的。我對這段建立在友誼之上的「文學因緣」是十分珍惜的。誠然，我也感念《聯副》和《人間》的編者瘂弦、蘇偉貞、金恒煒和陳怡真，他（她）們樂意將這些文章發表使我與國內外讀者保有了精神的感通。至於這個書名倒是我幼兒潤賓自香港來信中不經意提起的，他這樣說：「讀了您在海德堡寫的文章，您是否有意再寫一部像《劍橋語絲》的書？我在美看過劍橋一書，那時我視之為精神食糧呢！不知書名會否題作海德堡語絲？」就這樣，我就決定用《海德堡語絲》。其實，這個書名很恰當，因為這本小書寫的不盡是風景，它有對德國的文化、歷史、政治的所見、所思。這些不屬「高頭講章」的議論，只是隨感式的語絲。儘管書中所寫的不限於海德堡，但每個字都是我在海城的尼加河畔和瑪茲街二個寄旅的客舍裏寫的，謂之《海德堡語絲》，不亦宜乎？這樣便與《劍橋語絲》成為一對姊妹篇了。而海德堡與劍橋這二個大學小城不原就是一對姊妹城嗎？

海德堡這個山水之城的美，德國大詩人歌德、荷爾德林以及浪漫主義的名士早就歌讚不已，英國的端納更用彩筆畫下了他所捕捉到的印象。最妙的是馬克・吐溫，這位以幽默諷刺著名的美國文豪，常有驚世駭俗的奇筆。他對世界聞名的水都威尼斯竟然會這樣説：「這可以是一個美麗的城市，假如把它的水都抽乾了的話。」但當他在一八七八年抵海德堡時卻收起了一切辛辣嘲諷的字彙，竟然發出這般的讚美：「當你覺得白晝的海德堡 —— 以及它的周圍 —— 是美得不可能更美的了（the last possibility of the beautiful），可是在你見到了夜色裏的海德堡：像一條下墮的銀河，而邊界上燦如星群的車軌，那麼你就需要一些時間再下判斷了。」在我看來，馬克．吐溫對海城的夜色是誇大了，至少我相信，假如他有緣到香港的山頂，看過維多利亞海港黃昏後珠光鑽色的奇景，他就真要落筆小心了。在海德堡時，吐溫還與當時在海大讀書的哈里斯（Frank Harris），乘木筏，險遊尼加河的上游，寫了不少真真假假的妙文。據説，這次神秘的木筏之旅的經驗，促發了他的幻想力，使他日後寫出了《哈克貝利．費恩歷險記》（*Huckleberry Finn*）的傳世之作。

馬克．吐溫不只讚海德堡，當他在德國北方初於漢堡上岸之際，已經愛上了這個國家。在法蘭克福他致友人的信中説：「這片土地真是個樂園，多麼清潔的衣衫，多麼美好的面孔，多麼安詳的滿足，多麼繁榮，多麼自由，多麼了不起的政府。」吐溫走到哪裏，都稱讚德人的乾淨，德人的有禮。他特別覺得德國出名的六寸厚的「羽毛被」，最為精彩。在他眼中，甚至連德國一種叫 Maikafer 的金甲蟲比美國的金甲蟲（Junebug）也要「優越」。（據我了解，他好像只抱怨過德文，認為那是一種「可怕的語文」！）我不知 Maikafer 是否比 Junebug 優越，也許它們根本是不同屬類的昆蟲，説不上誰優越不優越，不過，我在瑪茲街睡的還是吐溫所説的那種六寸厚的「羽毛被」，又輕又軟，的確是精彩。至於吐溫説德人愛乾淨、有禮數，也確是不算誇張。而這印象，決不是從二次大戰後好萊塢所製的影片中所能得到的。當然，德國也不是《鏡花緣》中的君子國。我在南部烏爾姆（Ulm）時，就見過一個蠻不講禮、毫無文明的無賴漢，在他身上只會令人憶起納粹的醜惡。一百多年後的今天，德國問題多多，已不是吐溫口中的「樂園」，其實，地上哪有樂園？不過，戰後的德國在一片戰火灰燼中迅速復興，到處見到文化的活力、自由的精神，確是一隻劫火重生的火鳳凰！

在海德堡近四個月，德國友人説，海德堡太美，太浪漫，不能代表德國，我就以海城為基地，作了幾次旅行。萊茵河之旅，不只欣賞到這條象徵德國的歷史之河的風光，更在萊茵河畔，看到波恩國會中民主運作的美景。柏林之旅，當然不能不看那道牆。由那道牆，想到柏林的闈割、德國的分裂，以是，也想到二次大戰，想到吹脹起來似巨人，脹破了原來是個小丑的希特勒。而由希特勒建造第三帝國的瘋狂之夢，不能不聯想到創造第二帝國的俾斯麥。真妙，在弗里德里斯魯這個鐵血宰相的故居，竟然看不到半個人影。這一代的德國人在想些什麼？我不太清楚，但我知道他們對第三帝國的凶行敗德感到罪羞，他們要隔斷「政治的過去」。他們所喜愛的是自由，平平凡凡的自由，不再是那些吹噓大日耳曼的政治符號和價值。在德國之旅中，給我強烈印象的不只是德人對「政治的過去」的冷漠，也是他們對「文化的過去」的熱愛。在積極的現代化過程中，德人還緊緊地擁抱着傳統。歌德、席勒、海涅、貝多芬、巴赫、瓦格納、丟勒（A. Dürer）依然親切地活在他們的心中，不論走到哪裏，都感到傳統的存在。真的，在我閒步走過的德國小城，特別是那些古老的大學城，最使人歡然有喜的便是「傳統」與「現代」細針密縫的有機結合了。我在給董橋的信上說：「我就是喜歡這種現代與傳統結合在一起的地方：有歷史的通道，就不會飄浮；有時代的氣息，則知道你站在那裏了！」

在海德堡，一直沉醉在秋山秋樹秋水裏，四季中，我最愛秋，在海城，過的是「踩着沙沙落葉的日子」，清冷中自有雅趣。在探盡海城之秋後，我曾有巴黎一日內瓦一弗萊堡的「秋之旅」。秋太玲瓏，太脆弱，來時匆匆，去時匆匆。追秋的腳步到日內瓦時，竟遇到了瑞士的初雪！說到雪景，我最難忘的自然是仙氣逼人的莫札特故鄉「薩爾茨堡之冬」了。

每次從外地旅行回到海城的居處，就有「異鄉人」返「家」的快樂。在悠悠的鐘聲中，把我的所見、所思寫成一篇篇的「語絲」，真的，我記不起有哪一次沒有聽到古堡傳來中古的鐘聲！

海德堡大學六百周年的第一個月的十二日黃昏，我離開了這浪漫的山水之城。沒有說「別了」，我還沒有看盡它的美呢！其實，這個「永遠年輕、永遠美麗」的古城之美又怎能看得盡呢？特別是我二度海德堡之遊中，都未曾見到馬克．吐溫所說「歐洲一景」的古堡煙火。是的，一九八五年的除夕，在瑪茲街三樓房東漢娜與霍夫岡的家裏，倒也看到了海城萬家齊放煙火、爆竹的好景致。那夜，不知開了幾支香檳，不知喝了幾瓶「巴登」（Baden）的美酒，還不到七分醉意的歡愉氣氛裏，大家祝禱和平，並彼此深深祝福。在這個世界，誰能不需要一點祝福呢？

在海德堡時間不算久，但這個古大學城給予我的比預想的多得多，一百多個寧謐的日子，不只讓我有時間靜靜讀書研究，還真正讓我有機會靜靜地思考。儘管這是我第二度到德國，但卻是我第一次「發現」德國。這裏收集的一篇篇語絲就是我捕捉的一鱗半爪的印象。誠然，這些印象都是主觀的，浮光掠影式的，我絕不敢説我了解德國。托馬斯・曼（Thomas Mann）説德人是真正匪夷所思的（Problematices），我實在看不透許多謎樣的事象。最妙的是我寫的都是德國的所見所思；但落墨之時，總不知不覺會聯想起萬里外的故國神州。有時，連自己都不知筆下多少寫的是德國，多少寫的是中國。中國越遠，就越會想起中國，文化的中國，山水的中國！我在整理《海德堡語絲》出版的文稿時，不由地把神州之遊的《最難忘情是山水》一文收錄在內，作為附篇。

一九八六年四月二十日於香港

牛津大學版序（二〇〇〇年）

文字是一種因緣。如果不是在一九七五年去了劍橋，就不會有《劍橋語絲》；如果不是一九八五年在海德堡住了半年，也不會有《海德堡語絲》。

這二冊語絲，是我在劍橋與海德堡二個「姊妹城」訪問研究時寫下的所見、所聞與所思。那二個永遠年輕、永遠美麗的大學城，既古典又現代；有歷史感，又有時代氣息。正是那種特有的文化風致吸引了我，使我有一種探索與對話的衝動，而在一個不需要按時鐘過日子的日子裏，便不由展紙提筆寫下我一篇篇的語絲。

《劍橋語絲》出版迄今已四分之一世紀矣，《海德堡語絲》的出版亦已十有五年，這二冊姊妹篇先後在台灣、香港與中國大陸有不同的版本問世。香港版的二冊語絲，原由香江出版公司印行，幾年前已經斷市了。牛津大學出版社的編輯表示願為語絲的姊妹篇設計全新的牛津版（在圖片上特別花了心思），定在第三個千禧年的第一個龍年問世，這當然是我欣然同意的樂事。是為序。

二〇〇〇年四月二十八日於香港中文大學

重訪海德堡

我又回到海德堡了，我有重晤故人的喜悅，海城依然是那副浪漫的氣質，而新秋時節，她似乎更嫵媚了。

九年前的五月初夏曾從劍橋到此小遊，即使已習慣了劍橋的美，我仍然為海德堡的美所眩惑，後來才知道這二個大學城還是一對姊妹城呢！哪個更美？我不想答，也答不來。她們是二種不同的美，是二種不同的完整的存在，當時僅僅四天的盤桓，卻留下長永的回憶。今年八月卸卻了新亞書院的行政擔子，我最想做的是靜靜地讀些書，特別是社會學家韋伯（Max Weber）的著作，幾十年來，西方詮釋他的書已多得足可裝滿一個小型圖書館了。因了德國政府給了我一個研究訪問的機會，我就毫無考慮地決定到海德堡。不只是我對海城懷念，海德堡大學也無疑是「韋伯學」的一個重要中心，畢竟海大是韋伯讀過書、教過書的母校，而他的傳世著作就是在海城尼加河畔的那所屋子裏寫的。

九月二十五日，新加坡航機降落在法蘭克福機場，從機場海關出來時，那親切的揮手給予我格外的驚喜。想不到李普秀（R. Lepsius）教授還是來了，我再三表示自己會坐火車去海德堡的。就是他上次駕車把我從曼海姆大學送到海德堡的，就是他帶我去看了韋伯的故居的。一別經年，丰采依然，那帶有德國腔的漂亮英語仍是鏗鏘有聲。我已是半百之年，李普秀教授更是滿頭銀絲了。李普秀是前德國社會學會會長，一九八一年他從曼海姆大學轉到海德堡大學的社會學研究所。他與所裏的同事施洛克德（W. Schluchter）教授都是《韋伯全集》編纂會的編輯人。從法蘭克福到海德堡，在高速路上，風馳電掣，不消一小時就到了。李普秀教授開快車的那份瀟灑，使我忘了二十小時的旅途怠倦，卻使我想起中文大學的鄭德坤教授來。

最令我稱心的是，海大社會學研究所就在海德堡「老城」的中心，坐落在尚達巷（Sandgerse）。後面是藏書二百二十萬冊的粉紅色巨石砌成的大圖書館和樸素的十五世紀的聖彼得教堂。左邊就是見了不能不想多站一會兒的「大學廣場」。但憑一己之信念與羅馬教廷爭抗，隻手推開宗教改革的馬丁·路德就在廣場的「獅井」旁主持過一場波濤洶湧的辯論，那是十六世紀初葉的事了。講起宗教來，就不能不講政治，海城幾百年來都是日耳曼的一個政教中心。事實上，一直是神聖羅馬帝國帕拉丁（Platine）領地的首都（雖為領地，但對內行使王權），所以城雖不大，卻有王者氣象。海城是政教重鎮，風光誠風光矣，但卻也不知吃了多少政教紛爭的災難，一場三十年（1618－1648）的宗教戰爭，海城就幾乎成為鬼魅世界。十七世紀末葉，帕拉丁與法王路易十四的衝突，海城就一度被法軍殘酷地夷為平地，今日的海德堡「老城」可說是十七世紀在灰燼中重建的。大學廣場上著名的巴洛克式的「大學老廈」（Old University Building）就是這個時期的建築。海德堡大學自一三八八年誕生以來，她的命運與海城的政教史就結下不解緣。其實，海大就是帕拉丁「明君」盧柏特（Ruprecht）在七十七歲時創立的。所以大學也以他及十九世紀另一位大學恩人卡爾大公（Grand Duke Karl）為名。海大的歷史一時說不清，以後有暇再談吧。

向南走幾步，出了幽靜狹隘的尚達小巷，就進入目不暇給、洋溢着旅遊者笑語不輟的浩樸街（Haupstrasse）了。不知是誰的好主意，這條街在一九七八年改為行人專用道了。浩樸街長一公里有奇，是德國最長的行人街。儘管慢慢地踱方步，儘管優哉遊哉欣賞兩旁看不盡的櫥窗，你都無須驚怕市虎傷人。累了，就在露天咖啡座坐坐，假如喜歡喝杯萊茵河的葡萄美酒或者德國最稱獨擅的啤酒，那麼隨處都有小酒肆。要想更多些情調麼？大白天都有點着燭光的酒座呢。我從未見過一條街上有這麼多有品味的咖啡座、酒肆、花店、書店和餐館。都是小小的，都是坐了就捨不得走的那種，講豪華，絕非香港、台北之比，講氣氛則浩樸街的合心意多了，至少進去沒有口袋應付不了的恐懼。說到餐館的口味，儘管沒有我鍾意的四川菜，但還是很國際化的。施洛克德教授邀我午餐的就是一家希臘館子，桌椅老得像古希臘的遺物，施洛克德是近十幾年聲譽鵲起的韋伯學專家，他的德文著作我無法看。他的《韋伯的歷史觀》（*Max Weber's Vision of History*）（與 G. Roth 合著）及《西方理性主義之興起》（*The*

Rise of Western Rationalism）二本英文著作（皆為盧特所譯），則細緻深透，文理密察，在在都顯出創見與功力。他目前也是加州大學柏克萊校區的教授，美國上一輩的韋伯學學者，如帕森斯（T. Parsons）、班迪克斯（R. Bendix）、葛思（G. H. Gerth）、納爾遜（B. Nelson）等，或已死，或已老去；施洛克德正是乘時而起的表表者之一，在海城希臘小館子裏談韋伯的學說，實在是很有意思的經驗。

浩樸街上，有許多廣場和建築，充滿了歷史與傳統的魅力，嘉洛斯廣場（Karlsplatz）附近的 Palais Boisseree 的居屋，曾是歌德於一八一四年及一八一五年兩度做客的地方，歌德是專誠來欣賞主人收藏的古畫的。它東北角上的兩個酒肆，色柏（Seppl）與紅牛（Roter Ochsen）牆上掛滿的是海大昔時學生的照片，桌子椅子盡是學生哥、學生妹密密麻麻的刻字。在海大攻讀教育博士學位的謝立詮兄誠意邀我在「色柏」喝了一大杯啤酒，我當時下意識地想尋找韋伯的痕跡，因為他在海大讀書時，也喜歡喝酒、狂歌和搞決鬥的玩意，希望在臉上留點疤痕的調調兒。

從「嘉洛斯廣場」轉幾步就是「市墟廣場」（Markplatz），一周兩次，擺滿了水果、蔬菜、鮮花和土產的攤位。市墟廣場正中矗立着的是「赫克里斯井」，旁邊的市政廳，雍容優雅，已近二百年的歷史了。當然，廣場上最搶眼的是「聖靈大教堂」了，這是十五世紀初葉以來，幾經修建的哥特式的粉紅色巨大建築。大學的儀典有時在此舉行，莫札特六歲時還在這裏演奏過呢！

海城沒有大博物館，但浩樸街上「高弗茲」博物館中那個六十萬年前的「海德堡人」的下顎骨就值得一看。這是迄今地下發現最早的歐洲史前人。當然，我不能不想起我們更早的「北京人」來。對了，他（她？）老人家現在何處？

重訪海城，不能不重訪古堡。古堡是海城之美的化身，從研究室出來，繞過海大圖書館，一抬頭，半山上那個龐大殘缺的粉紅色古堡就直接照面了。再繞過幾條巷子，再一步步攀上又斜又長，對腳力是嚴峻考驗的石磚路，到了古堡，稍喘口氣，再穿過幾個門，就進入古堡的中庭了。站在庭中央，你就被一座座巨大的粉紅色的建築包圍了。所謂古堡，當然有軍事性城堡，但古堡裏面卻是六百多年來歷代帕拉丁統治者所建的宮宇，這些宮宇不只反映了歷代王君大公的品味，也反映了不同時代的建築風格。我還是最喜歡「奧多漢尼克宮」，這是德國文藝復興式頂尖的建築，但如今只剩下大建築的一片巨大的正面牆了。即使是一片殘牆，仍然有逼人的炫美。牆上所雕《舊約》的耶和華、赫克利斯及台維三像，栩栩欲生，不能不許為雕刻中的「神品」。而牆頂上站立的日月二神，更是形象飛揚，飄舉欲仙。歌德把建築喻為「硬性的音樂」，古堡的一座座建築，就好像一曲曲音樂，美則美矣，卻不免都有些悲壯殘缺的節奏。在夕陽殘照下，坐在中庭的石凳上，靜聽殘堡奏出那組硬性的、殘斷的樂曲，誰能無一絲人事難圓、古今興亡的喟歎?!

海德堡是歷史的名城，不只在歐洲政教史中扮演了重要角色，在歐洲文化史上也有她輝煌的一頁。十九世紀德國文學的浪漫主義繼古典主義興起。古典主義重知性，以希臘為模型；浪漫主義則標舉情感，崇尚人性自然之善，而以中古為嚮慕之對象。一八一〇年，凱蘭勃（Greimberg）

雲遊到海城，一見古堡，驚為天物，便盡力搶修，故得以殘而不廢，呈現了罕見的殘缺之美，而古堡之所以讓凱蘭勃傾心，正因古堡為中古精神之象徵耳。布倫塔諾（Brentano）、阿爾尼姆（Arnim）等一批浪漫派詩人、畫家也雲集海城，他們發掘德國古代的民謠，煥發對自然與歷史之愛，他二人合編的《兒童的魔笛》即是一部推動德國浪漫主義與民族主義的傳世之作。就讀海大的愛欣朵夫（Eichendorff）即受《兒童的魔笛》的影響，譜寫了百口傳誦的詩歌。當然海德堡的浪漫主義在學生生活中更顯發了特有的姿彩。海大之子薛非爾（Scheffel）熱愛海城，最愛在橫跨尼加河（Necker）的「古橋」（Old Bridge）旁的啤酒花園與好友飲酒賦歌，他的《可愛的古老的海德堡》熱情洋溢地讚美這個古城，並讓古堡中日進斗酒的侏儒白爾柯（Perkeo）在筆下賦予永生，成為海大學生寵愛的小人物。到了一八九九年，梅逸—佛斯特（Meyer-Forster）所撰《古老的海德堡》一劇，描寫一個王子在海大讀書，愛上了一位酒肆少女，但終因社會身份之異殊，含恨分手。這個愛怨悱惻的浪漫劇，到了二十世紀，又經奧地利的羅姆伯格（Romberg）譜為歌劇，名為《海德堡的學生王子》，在美國百老匯久演不衰，不知感動了天下多少男男女女，而海德堡這個浪漫的大學城更在新大陸家喻戶曉了。二次大戰時，德國城市幾無不在美軍地毯式轟炸下化為殘垣，但獨獨海德堡得以全保，未損毫髮，此豈偶然哉？

海德堡是一山城，但尼加河穿流而過減殺了它的陽剛性格，所以也是一靈韻搖動的山水之鄉。尼加河上流兩邊，山谷幽幽，紅屋遍山，自海城船遊一小時，便有一稱「尼加西坦納」（Neekarsteinach）的「四堡之城」，不論船上看，岸上看，都是醉人的景色，說到醉人的景色，我住處附近的老城尼加河對岸的大草坪，也有景不醉人人自醉的風光。九月末梢的海城，秋色未濃，太陽還是暖烘烘的，那大草坪便是海城男女曬日光浴的絕佳之處了。只要你不「非禮勿視」，你就隨處可見三點式的健美少女，有的豪放女，還是上空的，更有超級的豪放男，甚至袒陳裸裼呢！幾乎沒有例外的，或坐或臥，他（她）們一定不是一卷在手，就是書展草上，神情專一，旁

1976 年 5 月 23 日海德堡的古堡一角

若無人的。這一幕帶有「書卷氣」的無邊景色，在劍橋的劍河河畔是欣賞不到的，也是我九年前海德堡之行所未見到的，這應該是這浪漫古城之現代的浪漫新貌了！

海德堡的美麗，在浪漫主義的名士的詩篇中早已一再地歌詠了，薛非爾這樣寫道：

> 古老的海德堡，汝美麗之城，充滿榮耀，在尼加或在萊茵，無一是汝之比！

永遠的年輕，永遠的美麗

——漫談海德堡與海德堡大學

一別九年，在剛飄下第一片落葉的九月，我又重返這浪漫的山水之城。

「永遠的年輕，永遠的美麗。」不知是哪位詩人說的，今天的人都會拿這兩句話來讚美海德堡了。

美麗是很難爭辯的，一連串的德國浪漫派名士，像布倫塔諾（Brentano）、阿爾尼姆（Arnim）、愛欣朵夫（Eichendorff），還有高標自學的大詩人荷爾德林（Hölderlin）、讓·保羅（Jean Paul）都會用彩筆歌詠海城的美麗。即使慣於挖苦的馬克·吐溫，當他雲遊到此，也只是有讚無彈，許為歐洲最美的城市之一。真的，你如站在「聖山」之腰的「哲人路」（Philosophenweg）向下俯視，特別是初秋的煦陽下，對於那呈現在眼前的一大片、一個接一個的粉紅屋頂組成的古屋群，再加上那橫跨墨綠綠的尼加河的粉紅色「古橋」，尤其那亭峙嶽立在半山的殘缺的粉紅色古堡，你不能不為這疑真似幻的景象發出由衷的讚歎。無怪乎海城有「浪漫之城」的稱號，無怪乎海城素來被描寫為一個叫人「失魂之城」了！

「年輕」，「永遠的年輕」，這怎麼說呢？至少第一次提到海德堡的記載是一一九六年的事，也已經近八百年了。至於羅馬人在公元前八十年在尼加河北岸屯軍，也是有史可稽的。再早些，海德堡「老城」對面的「聖山」在公元前四百年，凱爾特人（Celt）就聚族而居了。當然，更毋須提考古學家發現的「海德堡人」了，那已證實約在六十萬年前了。說實在，海德堡老得很，它的相貌又古典又老趣。在老城裏，除了一條「傳統」與「現代」細針密縫在一起的浩樸街，都是小巷子，小巷之外，還有一些只有兩個小個子勉強比肩可行的迷你小巷。這是十足的中古小城的格局，我過去只在英國的劍橋和約克才見過更玲瓏的巷子。但是，古老的海德堡也的確給人「永遠的年輕」的感受。這不只是由於她朝氣蓬勃的無煙工業（每年世界各地來觀賞古堡的，有三百萬人的驚人數目），而是因了海德堡大學的存在！大學是唯一永遠不會老的機構，每年有一大群的青年離去，又有一大群更年輕的青年進來。海大已五百九十九歲了，但那是年輕約五百九十九歲。海大的長永青春，使海城長永不老！

九月二十八日，海城歡祝秋之來臨，一公里長的浩樸街上的酒香和音樂，飄蕩在「聖山」之麓，「尼加」之畔，散發的是一片年輕的氣息。

海德堡大學的五百九十九年的歷史卻不是一直那麼自由、開放與歡樂的。海大成長的歷程與海城的曲折歷史是無法分開的。有歡樂的辰光，也有悲慘黑暗的時刻；事實上，他的基調是很悲涼的。

海大於一三八六年誕生。她是神聖羅馬帝國的帕拉丁主權國大諸侯盧柏特（Ruprecht）所創的。在史家的筆下，盧柏特是一位頗可稱道的「明君」。在史派亞、斯特拉斯堡這些城市起來反抗他時，他對那些反對者固然顯示了毫無憐憫的殺戮，但他卻懂得容忍的重要。當瘟疫從意大利傳到德國時，南部的弗萊堡、巴剎的德國人就以猶太人為代罪羔羊，指他們在井裏、溪流放毒，猶太人無辜地被殺、受酷刑。盧柏特則挺身為他們說話，並提供保護，很多猶太人都逃到海城避難。不過，盧柏特真正為後人追念的還是他七十七歲時創辦了海德堡大學。

由海德堡大學創立這件事，又不能不說中古世界的政教怪局了。一三七八年，意大利的紅衣主教選了烏爾班六世（Urban Ⅵ）為教皇；詎知法國不服，又選了法人克萊蒙七世（Clement Ⅶ）做自己的教皇。二個教皇不啻是天出了二個太陽！這真是中古宗教世界的大地震、大分裂。這個大分裂象徵了民族主義或者政治壓倒了宗教。當時在巴黎大學執教和讀書的德國人是效忠羅馬的，自然不得不大批從巴黎大學撤出。須知中古時期巴黎大學是一宗教性的機構，學術是附屬於宗教的，根本沒有學術獨立這回事。這批教授與學生的大回流，乃是盧柏特創設海大的客觀環境。海大的結構仍照巴黎大學的模型，分四學部：即神學、法律、醫學和文學。當然，大學亦是教會的機構，校長與教師是清一色的教會人士。教學語言跟歐洲所有的中古大學一樣，都是拉丁文，拉丁文是當時的國際語言。要到一百年之後，結過婚的世俗人始准在大學執教鞭。

大學自呱呱墜地以來，她的命運，好好壞

壞，與主政海城的王公諸侯的偏好，特別是他們的宗教信仰息息相關。六百年來，轉折之多，苦難之多，一言難盡。盧柏特的兒子，盧柏特二世，熱衷於歐洲政治，他還用權術使自己選上了神聖羅馬帝國的皇帝，不過，他對海大的唯一貢獻恐怕是重建那座矗立在「市墟廣場」上的哥特式的「聖靈大教堂」了。當然，別忘了，大學就是一宗教組織呀！這個大教堂之建立是在宗教危機白熱化的時候，天主教的整個結構已經搖搖欲倒，當時不只兩個教皇分庭抗禮，第三個教皇，約翰二十三也出籠了。宗教宇宙幾乎要演歐洲版的《三國演義》了。這個大教堂的出現多少給天主教一些精神支持。

海大的發展，比較值得一述的，要等到弗里德里希（Friedrich）主政海城之時。儘管海城市民對弗里德里希很受落，但海大學生卻頗不歡迎，因為他是第一個大諸侯要求學生做效忠宣誓的。還好，當時沒有出現「市鎮」（town）與「學袍」（gown）之鬥，這在牛津、劍橋歷史上是司空見慣的。弗里德里希是個軍人，學術不是他的興趣，不過，他對時代思潮倒是頗感應的。是他首先把人文主義的學者請來海德堡的，海大的教師雖然竭力抵制，但人文主義的思潮畢竟當令了。人文主義標舉人之精神，反抗神本位的中古教條，人在宇宙中取得了新的位序。在海大，人文學取代了煩瑣哲學，開始對教義的懷疑與挑戰，大學的氣氛大大地活躍起來了。

此後，海大的路向與馬丁·路德的宗教改革就血肉相連了。但不幸，亦以此，大學與教派的鬥爭也如響斯應，搞得昏天黑地，了無寧日。

路德是維特堡大學的神學教授，是一個有強烈良心感的人，最厭惡教會與教士的虛偽矯飾。一五一七年，教士坦茲爾（Tetzel）為羅馬修建教堂，來德國募款。他的口號是：「當銀幣跌落募款箱的聲一響，捐款人的靈魂就直上天堂了。」路德對這種「向錢看」的廣告商氣味怒不可遏。他斬釘截鐵地指出教會做「善工」不能救人之靈魂，只有真誠的信仰才能得救。在上帝與人之間不需要中間人。在當時，這當然是個石破天驚的言論。未久，路德來了海城，在大學廣場主持了一次論辯。路德一定是滔滔雄辯，令人動容的，至少海城王君的弟弟就邀他到古堡裏去晚宴了。

1976 年 5 月 23 日海德堡市的教堂

到一五四四年，宗教改革的力量正式進入海大，路德教派的儀式就在聖靈大教堂舉行了。到了奧多漢尼克（Ottheirch）手上，海城從天主教完全轉到路德教。這位帕拉丁主權國的大諸侯不但為海城帶來了新宗教，他也在古堡裏建了一座美輪美奐的文藝復興式的宮宇，並開始建立帕拉丁圖書館（歐洲最佳之一）。對海大來説，最可稱道的還是他把上帝與愷撒的事清楚地分開來。海大一夜之間成為一世俗性的機構，批判之風因之興起，大學因之得以容忍不同的思想與理論，一個雛形的現代大學於焉出世。

奧多漢尼克無子嗣，他的繼承者弗里德里希三世又帶來了新變化。他完全揚棄了路德教義，轉向禁欲式的加爾文教義。加爾文教義比天主教教義與路德教義更重精神性。弗里德里希取笑彌撒中領聖體一套是「麵包上帝」，認為是完全否定了基督受難與犧牲。他更排斥一切宗教藝術的裝飾。在他統領下，海城成為加爾文教的大本營，被稱為是「日耳曼的日內瓦」——基督教徒的避難天堂。全歐最好的加爾文教的教授與學生都聞風而至。但「好」景不常（好壞要看你從哪個角度看），弗里德里希之子路德維希（Ludwig）接位後，又轉回到路德教義，海大的加爾文教派教師只好收拾行裝走路。殊不知路德維希一死，他弟弟嘉西梅（Gasimir）當權，整個大學又大換班；這次則輪到路德教派的教師執包裹了。嘉西梅對加爾文教信得有點狂熱，為了逼他妻子從路德教轉奉加爾文教，不惜殺他的妻子的親信，搞得她不得不放棄自己的信仰，但改信後不久就命歸黃泉了！西方人在宗教上，實在有些走火入魔，比之中國的「莫問三教異同，但辨人禽兩路」的態度，不可同日而語。在歐洲，宗教的苦難到「三十年戰爭」時更大大升級了。

一六一八年，天主教與基督教的戰爭的序幕揭開了。海城所屬的帕拉丁是基督教聯盟的領袖，天主教同盟則由德國另一個「巴伐利亞」國帶頭，雙方都與歐洲當時的大國結盟。其實當時德國基本上是一基督教國家，這個戰爭實在是基督教裏面路德教與加爾文教的內訌，最不可思議的是「帕拉丁」與「巴伐利亞」的領袖都屬一個家族！戰爭不到四年，海城失陷，大學當然遭殃，加爾文教的教授一個個被放逐，而當時歐洲最佳之一的帕拉丁圖書館的藏書也都被送到了羅馬。一六四八年戰爭結束，德國也差不多已經變了面目，四分之一的人口死亡，三分之一的耕地荒蕪。海德堡的人口從戰前的五千五百降到五百人，大街小巷已是鬼魅世界，而大學也是弦歌聲斷，不見師生蹤影了。

海大得以重新看到莘莘學子走進大門，主要是靠帕拉丁新主人翁嘉爾・魯維，他固然在經濟上使海城復蘇，更對海大採取容忍的態度。他下令大學教師毋須宣誓其信仰，除神學院外，天主教徒也可以講學，他並禮聘荷蘭的斯賓諾莎來校執教，只是這位大哲卻無意於黌宫的生涯。應該説的是，今天我們見到的海德堡這個城、這個大學的底子卻是十七世紀末葉的威爾欣姆大諸侯的重建計劃奠定的，建築的主調是在哥特式結構的基礎上加上巴洛克式的上層。

海城與海大的坎坷命運並未隨「三十年戰爭」之結束而結束。細小的動亂不去講了，一七八九年法國大革命爆發，歐洲的一些君王大大震動，普魯士與奧地利這二個德國最強大的國家決定聯手支持法國王室，以此，在地理上居歐洲中心地帶的海城又不得安寧了。一七九九年，法軍佔領海城，而此時法國已非人民當家，拿破崙事實上是法國和德國的統治者了。在新的條約下，海城不再是帕拉丁的首都，而降為巴登（Baden）的一個普通城市了。所幸巴登的卡爾大公對海大特別青睞，當大學財政瀕於崩潰時，他大力加以支持，並且為海大禮聘名師宿儒，其中薩維尼（Von Savigny）就是一位大法學家。海大希望因是又告回升。除了盧柏特創立之功外，卡爾大公可算是海大的大恩公了，所以大學乃以他二人之名為名——Ruperto-Carol。不過，有多少人曉得盧柏特—卡爾就是海德堡大學，我就不知了。

在卡爾大公的翼護下，海城海大都大有可觀。薩維尼的內弟布倫塔諾（Brentano）是一位浪漫主義的大師，他與阿爾尼姆等一批文士詩人都雲集海城，盡力發掘日耳曼的民謠與繪畫，掀起反古典主義的浪潮，主張回歸中古，歌頌鄉土之愛與民族之情。海德堡遂成為浪漫主義的重鎮。不但象徵中古久已蕪毀的古堡，在凱蘭勃（Greimberg）伯爵手中重新獲得美的新生，而此後在薛非爾（Scheffel），梅逸—佛斯特（Meyer-

Foster）等人的妙筆下更刻繪了海德堡學生生活的浪漫情調。《海德堡的學生王子》的歌劇與電影則使海德堡的浪漫形象遠颺四海。

海城與海大的故事當然沒有完，因為它們與歐洲的歷史是不能割開的。當拿破崙稱雄德國時，有些德國人是歡迎的，因為拿翁掃除了古老的封建制，並引進了新的社會自由，但他越來越專制，德國並沒有獲得期待的政治自由。而畢竟他又是「非我族類」的外國人，所以後來奧地利與普魯士聯手，結合英、俄，還是把拿翁驅逐出萊茵河了。在維也納會議中，日耳曼的王室又告恢復；當時日耳曼有三十九個「國家」，雖稱是邦聯，還是各自割據稱雄的局面，真有些像中國的春秋戰國。奧地利的梅特涅當時的名言是：「意大利是一地理名詞，日耳曼則是一抽象的概念。」日耳曼企求統一的願望不是沒有，一八四八年一批自由派人士在法蘭克福召集會議，草擬憲法，目的就是想有一巴力門式（Parliament）的民主統一的德國，而召開這個會議的建議就是在海德堡提出的。當然，我們知道這個願望是黃粱一夢，德國的統一之夢到一八六二年在普魯士鐵血宰相俾斯麥手中才實現，從那時起海城享受了一段平安繁榮的日子，海大也得以一步步擴大，並贏得了世界性的聲譽。到了二十世紀初葉，海大已成為德國最自由、最國際性的學府，在尼加河畔可以看到不同種族、國家與宗教、政治信念的學人與學生。對我來説，最有興趣的是大社會學家韋伯在海德堡的情形。他是一八八二年進海大讀法律的，一八九六年他繼凱尼士（K. Knies）出任海大經濟學教授（當時尚無社會學教授），翌年即為病魔所擾，此後數年幾乎靠旅行養病，無法教書，一九〇三年起在海大擔任榮譽教授。這時，韋伯雖不講學，但研究寫作則無時或輟，他繼承的一筆遺產更使他不需要為稻粱謀。從一九〇六到一九一〇年間，每個星期天他的尼加河畔的居所，稱得上是高朋滿座，群賢畢至；當時圍繞着這位主人的都是學術文化界的名士新秀。除他弟弟阿佛特外，他的海大同事有文德爾班（W. Windelband）、耶聶克（G. Jellinek）、特勒爾奇（E. Troeltsch）、厲克特（H. Rickert）等，從外地來拜訪他的有松巴特（W. Sombart）、米歇爾（R. Michels）、滕尼斯（F. F. Tönnies）、西美爾（G. Simmel），年輕一輩的有亨寧漢（P. Honigsheine）、盧溫斯坦（K. Lowenstein）、盧卡契（G. Lukács）、雅斯貝爾斯（K. Jaspers）。此外還有政治人物如紐曼（F. Newmann）、胡斯（T. Heuss，後為德總統）、詩人格奧爾格（S. George）等，真可說星光燦熠，目為之眩，這個以韋伯為中心的人物圈後來被稱為韋伯圈（Weber-circle）。別的不論，單就社會學來說，韋伯圈顯然是當時世界最重要的知識份子圈子了。美國大社會學家帕森斯（T. Parsons）於一九二五年來海大研讀博士學位，韋伯雖已於五年前入土，但帕森斯還是感到韋伯圈的影響力。

從韋伯圈我們就可以想像當時海大是何等的光景了。即使一次大戰後，在希特勒未得勢前，海大仍然風光不減，在自然科學上尤其貢獻卓著。一九三一年，由於美國人對海大的喜愛與敬仰，在駐德大使舒曼的策動下，捐款建築了今日在大學廣場上的那座巍巍然的白色大廈。

海城久已為一自由主義的中心，海大久已為一自由開放的學府，但一九三三年納粹的力量伸展進來了，納粹黨在選舉中取得了百分之四十以上的選票。納粹的得勢，帶來了人類的浩劫。有人說德國是出巨人的國家（歌德、康德、貝多芬、愛因斯坦），也是出魔術師的地方。希特勒無疑是最大的魔術師，這個魔術師使德國蒙羞，當然也使海大蒙羞。當時，海大全部納粹化，教授學生一律穿制服，教授如不走納粹路線，不是被逐，就只好乘桴浮於海，自我放逐了，教授的空缺就由「歌德派」的填上，有一位教授還莫名其妙地宣揚「雅利安物理學」呢！種族主義、民族主義、愛國主義在狂熱的迷火下扭曲到這樣可悲可笑的程度，余欲無言矣。

二次大戰中，德國城市鮮有不受戰火重大創傷的，但獨獨海德堡未遭一槍一彈，有人說是《海德堡學生王子》救了海城，是耶？非耶？迄今史家未有確切的答案，無論如何，一九四五年，在科學家鮑厄（K. H. Bauer）、哲學家雅斯貝爾斯（K. Jaspers）的折衝樽俎下，大學重開了。由於海大底子厚，很快又重新建立起世界聲譽，畢竟在二十世紀她就出了七位諾貝爾獎的得主。而今日各科都有可觀的成就，當代詮釋學大師伽達默爾（Gadamer），雖已八十高齡，還是生龍活虎退而未休呢！

海大從十月起就展開了一系列活動，慶祝明年的六百歲生辰了。海大在回顧六百年的歷史時，她固然會緬懷過去的榮光，但更應慶幸今日已從宗教、政治的無知、偏執與狂熱造成的災難中走出來了。今日海大是一開放、自由與學術獨立的國際性學府。一三八六年十月十八日為誌念海大的創立，在原有的聖靈教堂舉行首次彌撒時，只有三位老師、幾個學生，而今海大已是二萬七千學生的大學府了。二萬七千個莘莘學子，在教室、在圖書館、在「浩樸」街上、在尼加河畔、在海城的每個角落，他（她）們是海城的活力和聲音，他（她）們使這個美麗的山水之城，洋溢着青春的躍動。

「永遠的年輕，永遠的美麗。」詩人這樣的謳歌海德堡，誰曰不宜？

探秋

在海德堡，對秋的第一次驚豔，還是十月二十七日海大施洛克德教授請我去他尼加格夢（Neckargemund）的家裏晚餐的那個下午。車一出海城，遠山近樹，一大片一大片的金黃紅紫，照眼的豔麗，迎面逼來，在古城的研究室裏，我竟差點誤了秋的蒞臨。

施洛克德家中落地窗外那一棵已經通身黃透了的楓樹，把雅致的客廳變成了清麗舒適的「賞秋軒」。他夫人碧琪煮的一滿壺咖啡，在面對一園的秋色時，就更香甜了。當然，也飲了不少葡萄酒和她親製的糕點。縱使沒有秋菊和大閘蟹，我已覺無負這個秋了。另一對客人是剛從中國大陸、香港回來的海大教授夫婦，他倆都大讚香港山頂風光之佳絕。噢，對了，我也憶起中文大學的秋天了。一面背山，三面環海的中大校園，在秋天的山頭是最清絕的，見不到落葉，但隔着雲山，就可遙望故國的萬木蕭蕭。

驚秋之後的第一個有陽光的早晨，我就隨着

落葉，緩步登上古城對岸「聖山」的「哲人路」。一向靜幽幽的「哲人路」，在楓葉搖動中更增添了幾分冷趣，而哲人的「腳印」都已埋在黃的紅的落葉中了。從一棵還掛着稀落星散的紅葉樹中，向下遠眺，海德堡古城千百間凝聚成群的紅屋頂在陽光閃耀下，愈加紅得令人心動了。秋的太陽原來是可以這樣嫵媚的，也難怪十一月後總是千呼萬喚始露面了。坐在陽光灑落的石椅上，靜靜地看古老的海城，真是越看越醉，又豈止是「相看兩不厭」呢！？

在這樣寒浸衣袖的季節，想不到還有不少探秋的人。是了，德國人是出名愛山林的民族，海城所屬的「巴登—符騰堡」邦（Baden-Württemberg），是著名的「黑森林」之家，一半以上的居民每星期都會到山林散步，有的甚至不可一日不人林。工業先進的德人對工業文明的心情始終是矛盾的，偉大的文學巨靈像歌德、席勒、黑塞都是山林的詠讚者，難怪當德人知道他們七千四百萬公頃的森林有三分之一以上受到工業「酸雨」之侵蝕而受傷，甚或垂垂死亡時，他們的驚愕與創痛是可以想見的。「黑森林」竟有一山山、一谷谷的美林得了樹的「愛滋病」，失去了抗疫的能力了。海城在「黑森林」的北緣，「聖山」的樹林看來是幸運的，海城沒有什麼污氣的工業，樹還是像樹一樣的在寒風中挺立着，儘管落葉紛紛，也只是脱去了秋裝，不是與世告別的淚雨。不過，海城人一定更格外覺得他們的山林的珍貴了。我看到一對銀絲滿頭的老夫婦，手牽手地停在滿山的秋林前細細低語。他們有一輩子談不完的情話？還是在慶幸他們屬於仍能眼見無恙的山林的一代？

1976 年 5 月 22 日海德堡「哲人道」上

從「哲人路」向上深入，轉過幾條小徑，到了「俾斯麥碑」附近，樹更高了，落葉也更多了。見到幾個少男少女埋頭在滿地黃葉集中找東西。「找什麼呀？」我聽不懂德語，但手中交給我的是一顆栗子。噢！原來是香港、台北街頭吃到的栗子！不知是不是天津良鄉的那種？真慚愧。這是我第一次看到栗子原來還是藏在滿身荊棘的球殼裏的。那半綻開球殼裏的栗子的色澤，不嘗就知其香甜可口的了。江南逃難的童年歲月還是依稀記得的，為了躲避日寇，母親帶着我們在山鄉水澤東奔西走，我與兄弟在田野中剪過野菜，也在山溪中抓過魚蝦，但沒有撿過栗子。不由地像少男少女一樣，我也彎身用樹枝在層層的殘枝敗葉中找起栗子來了。路過的人都投以友善好奇的眼光，真是「時人不識余心樂，將謂偷閒學少年」了。

從「哲人路」步下狹窄得只可容身二人的紅石小徑，真是難忘的經驗。是的，這是我九年前走過的，但那是五月晚春的紅石小徑，沒有今日黃葉間錯點綴的那份麗色，這是秋的小徑，是不想走盡的曲曲小徑。

出了小徑，便到了尼加河畔的蘭德路（Landstrasse）了。左邊轉個彎，沒幾步路，就是韋伯的故居了。韋伯於一九二〇年去世後，他的遺孀瑪麗安娜（Marianne）在這裏居住到五十年代，在這段孤獨的歲月中，她把韋伯未發表的手稿，包括《經濟與社會》的巨構，一一整理問世，還寫了部韋伯一生的傳記，瑪麗安娜實不只是韋伯一生的伴侶，也是知識上的知己。當年男女主人健在時，這所三層樓的大屋是歐洲學者文士聚會的沙龍，今天已是海德堡大學神學院和哲學所的學生宿舍了。看來，這所屋子沒有受到好好的護修，門鎖都有些破損了，後園更是滿地殘葉，久未清掃了。我熟悉地步上二樓，九年前，在那寬敞的陽台上，我曾欣賞到五月晚春初夏之交的海城風光，而此刻所見尼加河對岸半山上的古堡，已是懸在斑斕的楓紅楓黃中了。

在抽完一斗板煙時，我離開韋伯的故居，匆匆過了古橋，直上古堡，擔心着太陽驟然間會消失掉。海城的秋，在陽光裏才更顯出她高貴的豔麗。

古堡的中庭，除了那棵柳樹還搖盪着未盡

的綠意，弗里德里希宮、奧多漢尼克宮、鏡宮、鈴塔、井屋，都是那麼清冷。春夏時分，遊人如織，笑語盈庭，如今偌大的庭園中，只有在披浴了十一月軟綿綿陽光的角落，才見到情侶的依偎。不知他們聽不聽得到古堡這一組殘缺建築奏出的「硬性音樂」的《秋聲賦》？

步出中庭，古堡的殘壘就在秋山秋樹中了。一樹樹的菊黃，一樹樹的蟹紅，滿山是又豔又冷的色彩。噢，這景色何其如畫？這不是國畫的秋，是西畫的秋，是印象派的傑作！忍不得要欣賞這幅熟透了的秋，正坐着一椅吝嗇的秋陽，一陣風起，滿地的落葉就與新的飛紅飛黃飛舞在一起了！

海城的秋，像一切好的秋一樣，美得太玲瓏，太脆弱，總是不能久住，總是難消受的，而我就是禁不住不去探秋。

海德堡，尼加河畔

踩着沙沙落葉的日子

秋來得好悄靜，也不知從哪天起，我警覺到是踩着沙沙的落葉了。縱沒有南飛的雁群，也如是秋濃了。

每天走一條沿着尼加河畔的小路，兩旁是不時飄着落葉的秋樹，行人的腳步都比平時加快了幾拍。河畔的大草坪上，已見不到初來時成群的散發青春氣息的少女少男，偶爾有二三人在風裏欣賞對岸的寒山冷樹，還有的就是看上去越來越白的大頭鵝了。

傍晚時分，我沒有例外地一定到浩樸街去喝咖啡的。當然偶爾也會喝杯茶，但喝慣了中國的茶，特別是品過了武夷山的「大紅袍」之後，就很難再欣賞加奶或不加奶的紅茶了。精於茶之道的逯耀東兄在我來海城前夕，還送了我一個宜興茶壺，一包文山綠茶，我當然不會專到咖啡店去喝茶了。

從研究室到浩樸街的咖啡店，就像在新亞時從辦公室到「雲起軒」吃香港「最好的」牛肉麵那樣方便。浩樸街的書店多，但咖啡的香卻壓倒了書香。曾好奇想數數有多少家咖啡店，但放棄了，實在弄不清，何況浩樸街的南北小巷子裏還有不知多少家呢！所以，放心，海城儘管遊客多，總可以找到喜歡的座位。何況秋寒已經阻卻了外來旅人的腳步。海大的同仁說：「可怕的夏天已經過去了！」在夏天，海城幾乎是被遊客佔領了的。

在深秋的海城，四點多，天就陰暗作冷了。咖啡店是躲避秋寒的佳絕之處。一進門，便與秋寒暫時告別了。裏面彌漫着的是滿室的咖啡香和不熱不冷的晚春氣息。在咖啡店，談天固佳，獨坐亦妙。與海大同事或友朋見面，總是選一家喜歡的去。不過，我喜歡的真有好幾家！

浩樸街上，最享盛名的一家咖啡店似非「薛沙浩特」（Schafheutle）莫屬，高貴清雅，煮的咖啡特別考究，製的蛋糕特別精緻，據說是一個有錢人家開的，是不是開了這店之後才富有起來的，就不知其詳了。老年人，衣着齊整的都喜歡去，我第一天到海大社會學研究所，同事請我去的就是這家。我到研究所一開始就穿得隨便，想必是他們見到我兩鬢漸露的白髮了。我確也欣賞這家的擺設和咖啡，更喜歡它的糕點，但去了兩次後就少去了，倒不純是嫌貴，其實價錢也貴不過台北任何一間可以入流的咖啡店，只是它名氣太大，光顧的人絡繹不絕，坐久了就不太自在了。儘管有的老婆婆一坐下就有看完一本書的打算。

我最喜歡去的一家叫 Cafe Romantic Bars，有咖啡，也有酒，多數的咖啡店也是一樣。我之喜歡去，倒不是它的名字吸引人，因為在海城，哪一家也多少有些浪漫情調。這家之所以常去，因為它的確精緻清雅，較之巴黎最好的咖啡店也毫不遜色，咖啡也的確香甜入口，同時，它是第一流的設備，只是第二流的價格。這些都是原因，但真正讓我常去的是那位不同凡俗的女侍應，這位女士居然第一次就猜出我是中國人，可見她的文化素養高人一等了。海城像德國其他城市一樣，要不就見不到東方人，有之便是日本人，不但火車站的詢問處有日文簡介的海城，即使「高弗茲」博物館裏的六十萬年前「海德堡人」的下顎骨也有日文的說明。德國人對中國人很有禮貌，但在他們所接觸到的世界裏，東方人就是日本人了。所以德人當中能夠第一次見面就辨出中國人者，就像海城十一月的陽光那樣稀有了。這位女侍應不但有畫中古代海德堡少女的臉孔，而且還能用清脆的英語告訴我海城的一些歷史掌故，不說她文化素養不凡，可乎？

當然，我也去過其他的地方喝咖啡，但沒有特別的性格，沒有特別的吸人處，我就記不得它們的名字了。有一家不是咖啡店，但也有可以入口的咖啡，名字倒忘不了，那就是在市墟廣場上的「麥當勞」。這家麥當勞的裝潢古色古香，是一家老屋改裝的，在麥當勞就一定可以聽到北美客人咬着漢堡包高談闊論的英語了。麥當勞旁邊二三間就是海城響噹噹的雷塔（Ritter）旅館，它是一五九二年建造的，在一六九三年法軍火燒海城的戰役中，海德堡的建築幾乎夷為灰燼，這座文藝復興式的建築是少數逃過劫難者之一，它的歷史價值就使這個旅館名聞遐邇了。雷塔的咖啡不見得使人想起文藝復興，不過，客廳的佈置會處處提醒你海城的前塵往事。

講咖啡店有性格的，浩樸街鄰街的 Knosel 就是一家。它是一八六三年開張的，是海城最老資格的咖啡店。Knosel 是一位好心的糕餅師父，他一心一意要把他的咖啡店變成人人賓至如歸的地方。當時，海城的中學女生常在這兒與海大學生見面，少男少女相互之慕悅是天地間最自然的事，但當時還是個「非禮勿視」的時代，店裏女主人管得十分嚴格，少男少女只能用眼睛交談。這些在中國的文藝片裏，不論是大陸的或甚至台灣的，都還常見到的。Knosel 顯然是位通情達理而有幽默感的人。有一天，他給每人一個驚喜，原來他特別精心地焙製了一種巧克力餅，名之曰：「學生之吻」（Studentenkuss）。儘管這是愛的替代品，但當少男少女品嘗「學生之吻」時都有「心有靈犀一點通」的妙意，從此這家咖啡店就成為少男少女樂此不疲的尋夢園了。此是百年前的往事，世移時變，少男少女慕悅的方式早已走出中國文藝片子的手法了，不過「學生之吻」則傳之今日，且已成為海城傳異故事之外一章了。今天去 Knosel 喝咖啡、吃糕點的已是近悅遠來，老、中、青三代各樂其樂的地方了。任何地方，只要有好的傳統，精心地保存下來，都有一種吸人的魅力。

另有一家我喜歡去長坐的是浩樸街北邊一條小巷子裏的 Wolters Kaffee。這家咖啡店，既不高雅，也不精緻，恰恰相反，它是又拙又樸，還帶有強烈的原始野趣。粗笨的桌椅在在都是斧鑿痕，牆上的熊皮好像是從惡熊身上剝下就掛在那裏近百年了。店主華特又高又瘦，留一撇鬍子，刻刻都有隻小狗陪着。光顧這家的人，一進門跟華特老頭兒彼此叫名字，很少觀光客，大都是街坊閭鄰，有的還帶狗來。狗一進來就跟店主人的小狗叫一陣，攪一陣，等華特把白方糖往牠們嘴裏一送，就都乖乖地蹲着聽主人們聊天了。我來這裏是很偶然的，是十月間一個傍晚，經過這裏，裏面的粗獷歡笑聲引起了我的好奇。原來一大堆人，喝咖啡的喝咖啡，灌啤酒的灌啤酒，下棋的下棋，但都不時地看着彩色大電視正轉播着的網球比賽。網球是我唯一入迷的運動，喜歡玩，也喜歡看。這場球賽正是德國對捷克的戴維斯杯雙打，代表捷克之一的是世界排名第一的藍道，而為德國出賽的二人中的一個，就是今年溫布爾頓大賽勇奪冠軍的小伙子貝克。結果，貝克一隊勝了。這些德國人自然是一杯未盡又來一杯了，他們不但以德國人的身份高興，還以貝克的老鄉身份而自豪，原來這個剛過十七歲的小伙子，就是海城近郊「藍門」鎮的人呢！看了這場網球賽之後，以後週末有賽事的話，我都變成了座上客，除喝咖啡之外，也喝啤酒了。看網球時，總會想起跟孩子們在一起的辰光，我們父子間好像沒有什麼「代溝」，至少在玩球看球時是無溝的，儘管我有時不高興龍兒不肯使全勁出力，元禎説：「孩子是怕傷了你『老豆』呀！」我對龍兒的「侮辱」也不是完全不心領，他畢竟是匹茲堡大學的網球選手呵。「代溝」不在，「地溝」則有，孩子們大了，分飛西東，聚少離多，雖説這是一個不再重別離的時代，一個電話，千里可以傳言，但音落後的離緒又豈易排遣呢!? 來海城後，就只寫信，還不曾給重聽的母親打過電話。在咖啡館裏原來也有逃避寂寥的潛意識，在秋風裏，踩沙沙的落葉，就不由會懷念遠方的親友，就不由會自己跟自己説起話來了！

在海城去咖啡館是我生活的一部分，與朋友同去之時少，獨自一人去坐坐的時候多。誠然，這裏沒有巴黎凱旋門前香榭麗舍大道上咖啡店所見的萬種風情，但我主要還是貪圖個閒靜，倒不是故意找那份「獨在異鄉為異客」的心境，其實，在現代社會，誰又不是「異鄉人」呢！？在咖啡店裏，我愛看些輕鬆點的書或雜誌。董橋兄航寄來的《明報月刊》，我從來沒有像現在這樣看得仔細的。他的《故園山水辯證法》寫得真精緻，書卷氣濃得很，但還是那麼化得開。這一期裏李義弘那幅《秋晨》好清冷，在淡淄的畫面上，伸出一株晚秋的楓，只是幾片紅葉，寫盡了秋的蕭索之美。中國的秋是中國文化的，是中國詩的。與海城所見所感的完全是二種不同的秋趣。我想明春到新亞訪問講學的江兆申先生對於李義弘這樣一位能得其精神，才情洋溢的高足一定是欣然有喜的，還有什麼比一個學生的成就更使老師快樂的呢？

咖啡冷了，也喝盡了，書報也看得差不多了，這是我覺得該離開的時候了。坐了多久，我也不在意。在海城過的就是不需看時間的日子。

來的時候來，走的時候走。收費的女士從來不是不綻着笑容，也從來不忘記説：Dankeschön, Auf Wiedersehen！

推開門，就是秋之黃昏了。又一天，踩着沙沙落葉的日子。

巴黎，塞納河上

秋之旅

四季中，我最愛秋。九月二十五日來海德堡，適逢這山水之城的秋。秋山秋樹秋水的海城，縱使已走遍了大街小巷，還是捨不得離開她的嫵媚。好幾個週末，到方圓百里內的小城，亦是晨去晚歸。十一月初，培哥來書，提醒我如要去歐洲別處看看的話，冬雪冰寒的日子就不宜於旅行了。真的，秋光已老，再不動身，秋就要枯謝了。

十一月上旬，在海大社會學研究所作了學術報告後的一個星期天，收拾簡單的行裝，我搭上去德法交界的斯特拉斯堡的火車。我不像劍橋「堂」（don）李約瑟老夫子那樣迷火車，在新亞講學時，一聽到山腳馳過火車聲，他老人家就打開窗子望着吐露港，悠然神往好一陣子。不過，倒像俾斯麥，我也喜歡乘火車旅行，只是他跟丘吉爾一樣，大雪茄一直不離嘴，只想政治，無暇看山看水了。乘火車，不但可以舒舒服服地欣賞窗外二邊的風光，而且有「起」有「止」的感受，從一站到另一站，精神容易調整，景物的變化不會來不及消化。只是德人愛開快車，搭火車的人越來越少了。政府每年得補貼大把的錢，才能使火車繼續在原野、森林和城市之間日夜奔馳。

在寬敞的車廂裏，二面是一窗一窗的秋景，有的濃鬱，有的清淡，像是穿過秋畫展覽的長廊。好多年沒有賞秋了，儘管已看盡了海城的秋，對秋還是貪婪。

斯特拉斯堡，在歷史上是德法爭戰不休的地方，現屬法國，但德國友人推介我去斯特拉斯堡時，就好像推介我去另一個德國城市一樣。歐洲經濟共同市場雖然不曾，最後也不一定會帶來歐洲政治上的統一，但人們心中的政治圖像是跟戰前有些不同了。

的確，這個法國東北界線上的小城，除了法蘭西文化情調外，還有日耳曼的文化徵象。毫無疑問，最有法國趣味的應是滿佈半石半木之古屋群的那個稱為「小法國」的地方了。這一幢幢影映在小水道裏的古屋，襯上淡黃深黃的秋樹，就像是一幅上了年紀的名畫，不由不仰立凝視，顧不得秋寒的料峭了。誠然，斯特拉斯堡最要看、也不可能看不到的就是法王路易十四崇仰上帝的那座教堂了。來歐後所見美的、大的教堂多矣，但這座建於一四三九年的教堂卻是基督教世界中最高的建築。不，我得小心點，一位來自德國烏爾姆（Ulm）的德人告訴我，烏爾姆的五百二十八英尺高的哥特式教堂尖塔才是最高的，他說話時一點也不帶民族情緒，很不含糊的，像他說烏爾姆是二十世紀最偉大科學家愛因斯坦的出生地一樣。看來，我得信他，我的一點知識是來自書本的，古人不是說，盡信書，不如無書嗎？無論如何，斯特拉斯堡教堂的尖塔直指緲緲的蒼穹，天國與人間似乎就在塔尖上凝接一起了。其實，說高還不及香港新落成的「交易廣場」，但後者，像一切現代化的高建築，只覺是機械力的膨脹，儘管升得高，總與天隔絕了。

原不打算去巴黎的。當然不是不喜歡巴黎，誰又會不喜歡呢？只是巴黎太大，太短的逗留，又怎能看夠她的千嬌百媚？這次我只想去小城探秋，在小城才能捕捉秋之全貌。終究我還是去了這個最歐洲的歐洲之城。實在是這個藝術之都的氣氛太吸引人了。從斯特拉斯堡到日內瓦，我又怎能不在雨果所稱：「羅馬的承繼者，背井離鄉的世俗朝聖者之家」的巴黎停留？不錯，如果說羅馬是西方的精神之鄉，那麼，花都無疑是屬於這個世界的。巴黎的特殊就在於她具有絕對的國際性格，卻又是絕對的法蘭西。也許因為我是中國人，遇到的法人中倒也不在乎用最有音樂性的中、法語言之外的英語來溝通了。

九年前曾從劍橋到巴黎一遊。允達、曼施伉儷駕車陪我全家在冰天雪地中東奔西走。他們都說流利的法語，又是巴黎通，有他們作嚮導，七日之遊把巴黎最該欣賞的都蜻蜓點水般點到了。凱旋門前香榭麗舍大道的萬種風情，巴黎聖母院的詩音和燭光，艾菲爾塔的剛健中的婀娜，無一景不令人神奪情往，而羅丹的巴爾札克雕像，達·芬奇的蒙娜麗莎微笑，真教人驚歎巨匠之天地靈氣。

這次臨時決定到巴黎一轉，允達遠在台北，曼施的電話又未帶身邊，而羅浮剛巧這天關了門，羅丹的博物館又秋深不知處，我就漫無目的地散步在塞納河畔了。如果說，尼加河是德意志的精神源泉，那麼塞納河應是法蘭西的精華所在了。尼加河鑿山而過，為陽剛趣重的海德堡山城增添了幾許水的靈韻；而巴黎綿延不絕的雄偉建築，落在塞納河的兩岸就顯得風姿綽約、柔情脈脈了。在一座座橫跨塞納河的橋頭，看兩岸一排排黃得熟透了的秋樹，這個藝都就像一位四十許的貴婦以最華美的秋裝展示了她萬千的風情。遊巴黎，不在塞納河畔走上三斗煙以上的時間，就無法領略最巴黎的巴黎了。假如一生只去一次巴黎，我會選秋的巴黎。

巴黎的秋美，凡爾賽的秋更金碧輝煌。

巴黎近郊的凡爾賽宮有二百五十畝方圓，宮宇格局之宏偉當然非北京故宮之比，但六百個噴泉的庭園確是氣派不凡，「鏡廳」是十足的豪華，十足的金碧輝煌。路易十四這個「太陽王」，樣子與打扮都有些脂粉俗氣，竟然能請人設計這樣的宮園，就不能說他無藝術的品鑒力了。此次，我特意慢慢走去大、小 Trianon，尤其是皇后的茅舍，都是樹，都是秋樹，一園都是徹上徹下菊黃色的秋樹，據說是路易十六特別叫人移植的。璀璨耀眼，目為之眩，好個金碧輝煌的秋！原來秋可以這樣金碧輝煌的。在金碧輝煌的秋色裏，那座小小白色的「愛神廟」就顯得愈是清冷出塵了！

我忍不住又想起故宮，想起景山，更想起北大附近的西山，西山的晚春是很美的，西山的秋應該是特別輕靈的，聽人說，西山的楓葉像西天的一片彩霞?!

從巴黎到日內瓦，三個多鐘頭就到了。乘的是深橘黃色、像一條飛龍的 TGV（意指非常高速之火車），時速一百七十里，幾里方圓的秋景都濃縮在一框框的窗裏。歐洲有了 TGV，感覺上更小了，那麼多國家，加起來還不及中國大。一七八九年以來，這塊土地上合縱連横，風雲詭譎，變化也真不小。陪着我旅行的是戈樂．曼（Golo Mann）的《一七八九年後的日耳曼史》。他說：一七八九法國大革命那一年，神聖羅馬帝國就擁有一千七百八十九個政治領土，有的是獨立國，有的是歐洲強權，大部分則是幾個堡壘和村莊的結合。這部書學院派的史學教授不會太喜歡，但寫得淋漓揮灑，筆墨縱横，無愧是文豪托馬斯·曼的後人。

飛逝的秋，到日內瓦時已掩沒在夜色中了。

日內瓦是我久欲一訪的地方。它是世界名都中的小城，小城中的名都。居民不過十七萬，但卻極有國際性，當年國聯就設在這裏，紅十字會也發源於此。世界的政治領袖都願意到這個湖光山色的日內瓦來談判。品質高貴或浪漫的政治家到這裏做和平之夢，政客之流便利用這個世界的戲壇做做「秀」。列根與戈爾巴喬夫的高峰會議，無疑是「超級大秀」，會未開鑼，「秀」卻已做足了。不知兩人是否也有做和平之夢的真誠？說實話，也不是天縱神授，只是風雲際會，二人掌握了影響世界命運的權位。為人類、為自己之身後名，為什麼不真正為和平想想？美蘇高峰會議距我到日內瓦時還有一星期，但日內瓦的政治氣候已濃了。

日內瓦是基督新教中加爾文教的大本營，故它有「新教的羅馬」之稱。社會學家韋伯所講的基督教倫理主要就指加爾文教義。加爾文教統治日內瓦的清規冷律，嚴峻得森冷。寫《社會契約論》的盧梭生於斯，他就吃不消宗教的氣味，一去不歸。不過，今日日內瓦的宗教世界剩下的恐只是一道紀念牆和一座教堂了。盧梭如健在的話，我想他至少會回來度度假的。我對加爾文這位教主沒有什麼好感，他燒死異己的那份真理就在身上的態度，怎像是天堂的使者？不過，日內瓦大學倒是他創建的，當然，今日這間大學也不再是宗教的婢女了。

就是因為高峰會議，旅館都給寫「秀」、播「秀」的三千個記者捷足先登了。好不容易在冷雨濛濛中找到一家小旅店，已是近十點了。所幸，隔鄰就有一間頗有品味的意大利餐館，居然還吃到了日內瓦湖的鮮魚。也許是那小瓶瑞士產的葡萄酒吧！躺在床上已微醺欲醉了，也不知何時入了睡鄉。

翌晨醒來，打開七樓的窗簾。噢！真是一個出乎意料的驚奇！一片白色，眼下所見的屋頂盡鋪着閃閃發光的白雪，一輪旭日從中國的方向升起！真想不到，我是來探秋的，卻遇到了初雪！

步出旅店不遠，就進入日內瓦大學的校園。那塊雕着加爾文、諾克斯這些新教改革者的石牆正在修葺，但我已為一幅難得一見的美景吸引住了。在一個女神的碑前，默默的冬青樹頭滿披着白雪，兩女神背後的幾棵仍然豐滿的金黃的秋楓在陽光下閃閃搖動。這是晚秋，也是早冬，更是秋、冬之交的佳色。

日內瓦的「老城」，古拙、老趣，除了高高低低的斜坡外，走在小巷子裏，就像回到了海德堡，只是沒有海城的那份浪漫氣氛，但日內瓦的「新城」，臨湖而建，視野廣闊，就顯出小中有大的氣勢了。絕不能說日內瓦不優美，只是巴黎塞納河畔的風光依然浮在眼前，我就寧願把時間花在一座鐘錶的博物館裏了。這座博物館，不只有一樓精緻的鐘錶，還有一院精緻的秋色！

擔心秋真不能久住了，就改變日程，直奔德國「黑森林」之都的弗萊堡！

未來德國前，就聽說黑森林之美，新亞的林聰標和閔建蜀二位教授是在弗萊堡大學深造的。他們知道我喜歡海德堡，知道我鍾意有文化氣息的大學城，就說我不能不去弗萊堡一訪。

抵弗萊堡車站又是黃昏後了。打了電話，知道「紅熊」旅店（Zum Roten Bären）有空房，心裏暗暗興奮。這是德國最古老的客舍，建於一三一一年，房間古雅，菜肴一流，而價格只抵香港的三流。紅熊是小小的，坐落在古城城門入口處。一進去就見到賓至如歸的笑容。卸去行裝，就覺得這是旅者夢寐以求的旅舍。是晚，不只喝了當地的啤酒，還嘗到了黑森林的鱒魚。

弗萊堡也只有十七萬人口，弗萊堡大學的學生就佔了二萬二千人，也是一天可以優哉游哉走完的城市。弗城的空氣特別清冷，小街上有城外「屈萊遜」河引入的小小水渠，光潔明亮，有似一條條玉帶，是台灣新玉的色澤。當然，遊人不能不駐足欣賞的便是「市墟廣場」了。那幢血紅色的十六世紀的商業交易所（Kaufhaus）特別搶眼。而遠看近觀都令人歡然有喜的大教堂（Unserer Lieben Frau，吾等敬愛的女士），坐落在市中心，君臨弗城。這座教堂，從十三世紀初開始建造到十六世紀才完工，它或沒有巴黎聖母院那樣深深不知幾許，也沒有科隆大教堂給人那種堅毅無比的剛趣，但無論是外表造型，內部雕飾，都不同凡響。從八邊形的塔身伸入雲天的金字塔式的尖塔，在清洌的藍天裏，剛健婀娜中更帶幾分仙氣。瑞士的藝術史家布克哈特（Jacob Burckhardt）譽之為基督世界中最美的尖塔。布克哈特最心愛的藝術之鄉是意大利，竟發出這樣的讚語！既然看不盡基督世界的教堂，我就靜靜佇立在街頭一個角落上，抬頭雲天，凝視這中古宇宙遺落的「仙品」。

在弗城大街小巷裏閒步，與在海城時有些不同。海德堡是一片古趣，一公里長的「浩樸街」，像一首美得不能不一口氣讀完的長詩；弗萊堡則在古意中更多些現代情調，街道的變化也多些，比較像篇散文。最令人稱賞的是，弗城幾乎是在二次大戰的殘瓦斷牆中重建起來的。除了大教堂以及少數幾幢老屋外，都是新建的，有五百多年歷史的弗萊堡大學也多數是戰後的建築。但現代的建築很着意地把中古的原趣保留下來。「傳統」與「現代」細針密縫地結合，竟是那麼的和諧。德人戰後的建設是真正的「重」建。人不能活在「過去」，但不能不活在「歷史」中。弗城所重建的不只是建築，也是歷史。遊這個現代與傳統結合得那麼精巧的小城，無法不想起已有二千五百年歷史的蘇州來了。蘇州的玲瓏清雅，是江南文化中特有的美的展現，也是人類文化中特有的美的品種。如何使那個古城在現代化中保有她歷史的原趣呢？其實，不要責怪現代化，真正的現代化正是應該讓「現代」與「傳統」接棒的呀！

來弗城就是要賞黑森林的晚秋；但這黑森林之都的城內秋意固濃，卻不多秋色。本想到城外幾處著名的黑森林區去的，但誤了車時，紅熊旅店的一位女士知道我在尋秋林。她說，出了城門，跨過天橋，就是「西樂詩槃」（Schlossberg），那裏就有我要看的晚秋了。

果然，不要半點鐘，我已經身處一山秋樹中了。不知是誰創了「黑森林」之名，森林本來就不黑，而在秋陽撫照下的殘秋，縱然無凡爾賽所見的金碧輝煌，但葉未落盡，依然可見此一片紅、彼一片黃，秋色還是掬然可醉。而在「西樂詩槃」的山頭向下俯視，弗萊堡全景就在腳底了。唉！多麼像「聖山」半腰「哲人路」上所見的海德堡，也是萬千個紅色屋頂凝聚成的層層紅雲！對了，這裏見不到尼加河的古橋，也見不到浮在對山的最顯殘缺之美的古堡！但看哪！那穿出紅雲、伸入藍天的大教堂的哥特式的尖塔，豈非畫龍點睛地賦予了弗城特有的精神和美麗？

弗萊堡與海德堡一樣，都是「永遠年輕，永遠美麗」的大學城！

從弗萊堡到海德堡，不過四小時的火車，在夜的冷風中，回到海城尼加河畔的居處，有「異鄉人」返「家」的快樂。一週的秋之旅，隨着半瓶巴登（Baden）的紅酒，送我進入夢鄉。但此夜無夢，只有暖意。

翌晨，海城已是冰霜滿樹，秋已老去。

1985 年 11 月日內瓦之秋

韋伯·海德堡·社會學

一　韋伯與社會學

在海德堡，總不能不想起馬克斯·韋伯（Max Weber），由韋伯就不能不聯想到社會學。韋伯、海德堡、社會學這三者有美妙的關係。

韋伯是一八八二年在海德堡大學讀書的。在這個浪漫之城，像當時許多學生哥一樣，他也度過豪飲、狂歌、鬥劍那種雄邁不羈的生活。一八九六年他受聘為母校的教授，儘管翌年就受精神磨折，有不少歲月，必須藉到各國旅行來調劑身心，但他與海德堡是分不開的，迄今仍在的尼加河畔的那座大屋裏，他就寫下了許多傳世的著作。

對現代社會學影響最大的有三人。德國的韋伯、法國的杜爾凱姆（Emile Durkheim），還有就是馬克思。馬克思在學院門外的聲音最大，他的著作且成為地球上一半國家的政治聖經，幸耶？不幸耶？在學院裏邊，則杜爾凱姆與韋伯就分庭抗體，平分秋色了。儘管社會學者默頓（R. K. Merton）借了懷海德的説法：「一門科學，假如猶豫而不肯忘掉它的創始人的話，就是失落了」，韋伯自己也説過：「個人學術的命運，十年、二十年、五十年就過時了」，但是，韋伯逝世已半個多世紀了，他的著作還是社會學者案頭不可少的，大家還是忘不掉他。社會學雖非文學，畢竟與自然科學不同，它的經典之作，後人總不能不時地回去「重訪」、尋求啟發與靈感。韋伯的著作已公認為社會學中的經典，早已構成社會學的核心傳統了。

芝加哥大學的施特勞斯（Leo Strauss）曾譽韋伯是二十世紀最偉大的社會科學家。在去世未久的法國社會學家阿隆（R. Aron）眼中，韋伯不只是最偉大的社會學家，而且是唯一的大社會學家。當然，在韋伯生前，社會學不只未成氣候，而且還是在科學與人文學夾縫裏求生的時代。韋伯的基本訓練在法律、歷史與經濟。在海大讀的是法律，在古丁罕大學的博士論文寫的是中古的貿易公司。他取得教授身份的論文則是羅馬的農業史。一八九四年第一次擔任教職的名銜是弗萊堡大學的「政治經濟」教授，兩年後回母校海大擔任的是經濟學教授。一直到一九一八年，維也納大學特地為他設立了社會學教授的位置，一九二〇年去世時他是慕尼黑大學的社會學教授。韋伯自己也遲至一九一〇年才用「社會學」來形容他寫的關於社會行動及比較研究的著作。

韋伯的學識淵博深邃，腳跨幾個領域，論者以他的歷史知識之豐贍足可與湯因比比肩。他的識見早在一八九一年剛寫完博士論文時就被當時的史學家蒙森（Theodor Mommsen）所激賞，蒙森還表示他百年之後，繼承他志業的，除韋伯外不作第二人想！無怪乎麥克雷（D. McRae）要語帶譏諷地說：「幾乎所有寫韋伯的書，都是帶着敬畏之感落墨的。」

二 「韋伯學」的詮釋

韋伯從無有過建立思想大體系的念頭，更加不喜歡玄想式的意理或獨斷式的思維，所以儘管他承認馬克思對當時知識界的大影響，他對馬克思與黑格爾的東西總覺氣味不相投。沙洛門（A.

Solman）甚至稱韋伯是：「布爾喬亞的馬克思」（bourgeois Marx），說他的社會學是「與馬克思幽靈長期與激烈的對話」。其實，這個說法形象化則形象化矣，畢竟不很真切。韋伯的知識論之立場，根本不能拿唯心、唯物這類二分法的觀念來套他，他從不以為歷史社會的複雜現象可以由單因來解釋（無論是經濟、技術或文化思想）。韋伯不同意馬克思的經濟（物質）命定論，也並不表示他就認觀念（精神）為事相之源了。韋伯是與一切「減約主義」無緣的，他的社會學之理論邏輯，如施洛克德（W. Schluchter）、亞歷山大（J. Alexander Jr.）等指出是「多面向的」（multi-dimensional），不能納入這個或那個簡單的框框裏去的。

韋伯的著作，不但文字與內容難讀，並且零散不整；史遺憾的是，他的著作好些都是身後才由後人編纂，而非他親自「定稿」的。這就難怪到今天學者還在爭論韋伯一生龐雜的著作到底有無統一性？有無一中心題旨了？不僅帕森斯（T. Parsons）與班迪克斯（R. Bendix）這二位詮釋韋伯的老輩學者，見解有別，各說各話。今日德國後起的韋伯學者，如滕布魯克（F. Tenbruck）與施洛克德也是各有所見，推陳新說，很難有一個共同接受的詮釋。韋伯繁富多樣的著作中，找中心主線固非易事，但各書之間也確有千絲萬縷的關聯。國人所熟悉的《中國之宗教》一書，就不能孤立地看，應該從他龐大的比較宗教研究中去考察；他的名氣最響、爭論最烈的《新教倫理與資本主義精神》一書也不是完全自我具足，而應該放在他的西方的理性主義的思維架構中去理解。韋伯之書的難讀就在這裏，至於像我這樣要靠英文翻譯的人則麻煩更多了。譬如韋伯社會學的方法論，自六十年代以來，不知已經歷了多少的批析與剖解，一般以為是可以有「定論」的了，但自沃克斯（G. Oakes）譯了韋伯的 *Roscher & Knies* 及 *Critique of Stammler* 幾篇大文章之後，情形又不同了。赫夫（T.E. Huff）的《韋伯與社會科學的方法論》出來後，我們不難發現過去對韋伯的一些批評幾乎是無的放矢，看來作為一個社會科學方法論學者的韋伯，又需要「另眼相看」了。

總之，韋伯雖然不像馬克思那樣，沒有「年

輕韋伯」與「老年韋伯」之間有無「知識論上決裂」的論爭，但他的著作像一切經典一樣，終脫不了「詮釋」、「再詮釋」、「又詮釋」的命運。韋伯之學經由帕森斯譯介詮釋而大行其道，帕森斯的詮釋雖不能說是「定於一尊」，但到底不失為一重要詮釋，風從者自不在少數。惟近年來不同意帕森斯之詮釋者日眾，有些學者如 Cohen、Hazeerigg 和 Pope 還立意要「非帕森斯化韋伯」（de-Parsonizing Weber），要把韋伯從帕森斯的思想體系中解救還原。當然，「非帕森斯化韋伯」也還是一種對韋伯的新詮釋。是耶非耶，恐怕是見仁見智的事。我同意盧特（G. Roth）的說法，韋伯的學說在美國有「創造性的誤釋」（creative misinterpretation）的現象，它的結果倒也不一定是負面的。要對韋伯有全面的了解與評價，恐怕還有待正在編纂的三十多冊的《韋伯全集》（目前已出三巨冊）出版之後。有一點是可以肯定的，韋伯的影響力與爭論性還會繼續下去。任何研究現代社會歷史現象的學者可以贊成或反對韋伯，但很難從他身邊兜過去，不能不與他有對話。當代被推為批判理論大師的哈貝馬斯（Jürgen

Habermas）在新著《溝通行動理論》中就把韋伯作為一個主要的談論的對象。說到韋伯的影響力，特別是他的爭論性，恐怕還在他的政治思想與見解了。

三　在學術與政治之間

韋伯在英美及東方主要是學者，是一個社會學家，但在德國則好像主要是一個政治人物，一個極富爭論性的政論家、政治思想家了。

韋伯確是「學術」與「政治」之間的人物。他一方面對學術有無條件的執著，一方面對政治又有不可遏止的獻身感。不論如何，除了純學術的著作外，韋伯一生從未忘情於德國的政治，並且發表了無數針對時局的政治性文章。由於他富厚的學養，他的政論無不言之有物，擲地有聲，影響一代人心。（D. Beetham 的《韋伯與現代政治理論》一書，對韋伯的政論性文章作了極細密的分析。韋伯對他所處時代之政治問題的剖析確是不同凡響，韋伯的政論性文字與其社會學之純學術文字，不但文章氣味不同，一熱辣辣，一冷冰冰，即論點亦有差異。）當他還只有二十九歲時，即因他把政治問題與學術研究成功地結合，而名噪一時。三十歲時，弗萊堡大學就禮聘他為教授。三十四歲時，韋伯在政治上的聲望已令國家自由黨主動要提名他為國會議員候選人，但他因已接受海德堡大學之聘約而謝拒了。此後他的健康出了問題，加之他孤傲的性格，也就與仕途無緣了。不過，他還是把精力用在對國人的「政治教育」上，不時像巨鐘木鐸，對國是臚陳意見。韋伯生活在兩個世界，一個是熱性的政治世界，一個是冷性的學術世界。他有兩個聲音，一個是對學術之真誠與承諾，一個是站在政治邊緣上的絕望中的呼籲。

馬克斯・韋伯是一個把民族國家利益放在第一位、最高位的人。他徹底了解政治與權力的關係。他的政治思想中沒有軟性的浪漫式的烏托邦，卻含有達爾文與尼采的成分。他毫不諱言強權政治，並認為德國應該在歐洲與世界擔當起一個大國的責任。他力言德國應該抗拒蘇俄與盎格魯撒克遜民族統禦世界的趨勢（尼采與法人托克維爾也警覺於此的）。他也像同時代的大文豪托馬斯·曼(Thomas Mann)一樣,榮耀德國的文化,二人都曾歡呼一次大戰的來臨。韋伯在戰後雖然參與了魏瑪憲法的起草,並且為德國提供了民主的骨架。但是,他對德國的民主是沒有信心的,所以他特別建議在憲法中給予直接選舉的總統以突出的地位與權力。這與他心目中的「領袖型民主」(leadership democracy)比較接近。韋伯在一次大戰後,對於傳統的巴力門式民主極感不滿,認為已陷入黨派利益之爭,與民主之真意日遠,因此主張直接由群眾選舉的總統,而非由巴力門選出。他認為這才是「民主的大憲章」,才是「民主的守護神」。

說到「領袖型民主」,就不能不談到韋伯對「科層組織」(bureaucracy,一種橫的分「科」、縱的分「層」、以技術理性為本的組織)的看法了。韋伯認為隨着「理性化」(rationalization)的抬頭,科技的膨脹,「科層組織」,因為它最有效能與效率,必然成為現代社會最壟斷性的組織形態。有些人以為韋伯讚揚科層組織,殊不知他最大的隱憂就是漫天蓋地的「組織科層化」(bureaucratization)對人類自由的窒息。這一點他是非常悲觀的，乃至認為是人類無可逃避的「命運」。他認為社會主義之不可取，原因之一就是它不但不能化解「組織科層化」的趨勢，且只有增劇「組織科層化」的危機。今日共產黨國家幾無不成為森冷的「科層式的社會主義」（Bureaucratic Socialism），正是韋伯所預言的。

韋伯生前，對德國政治最感沮喪的就是那像流行病一樣的科層精神，當時影響巨大約有「大學教皇」之氣概的施墨洛（G. Schmoller）對「組織科層化」之熱情歌頌，使他尤感深惡痛絕。韋伯覺得「組織科層化」是現代社會的命運，但他不是肯向命運低頭的「悲劇性的英雄」。他了解事物的限定性，所以沒有幻想，但他從不放棄戰鬥。韋伯的一位年輕知己亨寧漢（P. Honigheim）說韋伯「誓言只要一息尚存，就要與任何組織、任何『超個人的結構』抗爭。韋伯愛每個人，即使是一個唐吉訶德，只要他肯定自己，肯定個人」。為了防止「科層組織的閹割」，韋伯提出了 charismatic leader 的觀念（此詞中譯極難，意指具有能激發人群風從與犧牲的天賦與才能的領袖人物，或可譯天授性領袖。當然，在韋伯，charisma

一字是一中性字，也非必指人。如宗教改革即有 charisma of reason 之類）。他認為只有這類政治領袖才能喚醒當時政治冷漠的工人階級，並控禦科層組織大機器的自主傾向。這也是他所以有「領袖型民主」的政治觀了。

四 「天授式領袖」之論爭

韋伯這個「天授式領袖」或「領袖型民主」的提法，作為政治社會學上的概念是很有啟發性的，但在第二次大戰後的德國知識界，卻引起了對他不大不小的批判。這個火頭是孟森（Wolfgang Mommsen）一本書無意有意點起的，火勢一旦燃開，遂造成學術界上正反二派的對壘。最引起注意的還是一九六四年德國社會學會中發生的論爭。這個學術會是為了紀念韋伯誕生一百周年而開的，舉行的地點則是韋伯心愛的海德堡，誰知道這個紀念韋伯的學術會，竟然幾乎變為控訴韋伯的大會。據有的學者（Roth B. Berger）的描寫，好像韋伯象徵性地站在一個「非納粹化」的法庭上，接受公審。這個學術會所以開得走了樣，主要是，馬克思派學者馬爾庫塞（H. Marcuse）指控韋伯把價值與科學分開（即韋伯著名的「價值中性」的論點），使社會學為非科學、非理性的價值所用，並把韋伯的價值與帝國主義的權力政治連在一起，弦外之音是韋伯對納粹之興起不無關係。哈貝馬斯固然不以為韋伯應對德國這段歷史負責，但他不經心地說了施密特（Carl Schmitt）是韋伯的「合法學生」的話。大家知道施密特是納粹主義的思想旗手，也知道馬克思主義者盧卡契（G. Lukács）曾說過施密特是韋伯思想的邏輯性的結果。這一來，立刻引起了納爾遜（B. Nelson）、班迪克斯幾位美國學者強烈的反駁，筆墨官司還打到《紐約時報》上。知人論世，月旦人物，實在不是件易事啊！

不過，據我們了解韋伯這個人的人格與學術取向，則可肯定地說，他一定是不屑並恥於納粹的行徑的。當年有人會問海德堡大學的哲學家雅斯貝爾斯（K. Jaspers）：「如果韋伯還活着的話，他對國社黨的德國會有如何的反應？」雅斯貝爾斯說：「他對德國的絕望定然會深到不能再深了。」我想另一個可能是：他會像托馬斯·曼或法蘭克福學派那些人一樣，乘桴浮於海，到異國棲身了。葛士（Gerth）與米爾斯（Mills）說得很公允：

> 當然，以韋伯的馬基雅維利之態度，要猜度他會否轉向納粹是十分無益的。誠然，他的「天授」哲學——他之對民主習性的懷疑與實際的看法可能會令他有這種親近性。但是，以韋伯的人道主義，對弱小者的同情，對虛假與欺騙之憎恨，以及他之無時或斷地抗拒種族主義，抗拒反猶太人的煽動，都會使他至少像他弟弟阿佛萊特一樣，成為希特勒的嚴峻的「批判者」。

誠然，韋伯會否與國家社會主義妥協的問題，連政治觀點與韋伯水火不容、狠批韋伯是「帝國主義者」、「反動派」的盧卡契，也斬釘截鐵地在《新左派評論》訪問中說：「不會，永遠不會，你必須了解，韋伯是一位絕對誠實的人。」

關於「天授式領袖」的觀念，我倒同意孟森的看法。「天授式領袖」並不是解決現代人類前途的方法，我們應該尋求其他途徑。天授式領袖固然常有開創局面、扭轉乾坤的本事，固然有衝破「科層組織」造成之網羅的氣魄，但是一個社會如果沒有客觀有力的制度的規約，而「天授式領袖」如又沒有韋伯所要求的客觀公正（Sachlichkeit）的品質與能力（D. Beetham 指出韋伯強調此），或沒有韋伯所講的「責任的倫理」（ethic of responsibility，這種倫理不但重自己的良心自由，也重他人的良心自由），而只有「信念的倫理」（ethic of conviction）或甚至是「一心自用的信念倫理」（ethic of single, minded conviction，此得之於施洛克德教授，這種倫理則只顧自己的良心自由，不理他人的良心自由了），則對人類社會常是害處多，益處少。希特勒、斯大林、霍梅尼都是顯例，昭昭在人耳目。韋伯實在是太過分憂懼「科層組織」會替人類帶來「鐵籠」（iron cage）的命運了。韋伯對一切歷史現象之發展都小心地用「或然」的形容詞，唯獨認為「組織科層化」則是歷史之「必然」，實在有些「命定主義」的色彩了。用精神分析法替韋伯寫了一部傳記的米茲曼（A. Mitzman）這樣說：

> 這個人的偉大在於：縱然他看到的是無可避免的了，他依然不終止地向那個他稱為「鐵籠」的殘酷無情的命運挑戰。

韋伯這個人看來是十分入世、具有「知其不可為而為之」的勇者氣稟的知識份子，儘管我以為他在提出「天授式領袖」觀念時太忽略或低估了它可能對文明的破壞力了。帕森斯在生前最後一篇討論韋伯的文章中指出，不同於市場、大學、家庭這些制度，它們是「組織性」的，「天授性力量」(charismatic force) 則是「非組織性的」，這種「非組織性的力量」可以是創造性的，也可以是險惡的。帕森斯以為韋伯的 charisma 與弗洛伊德的 id 有相似性，因為本能衝動也可以是有創造性的，也可以是險惡的。

五　實存主義的英雄

德國學者對韋伯的政治思想特別重視，一半是由於德國距納粹之崩潰未遠、知識份子內心仍有「餘悸」和「預悸」：以此，對一切可能，甚至是極小可能與納粹思想有關的都會作挖根式的批判。韋伯的政治思想中確有些「魔性」，而他又是對德國政治極有影響的人，所以他的政治著作就不免受重視了。當代德國知識份子對於納粹對人類造成的罪惡大都有愧疚感，有嚴肅的反省，這是好現象，唯其如此，人類的文明才能往前發展。日本一些在朝在野的「知識份子」，幾次三番地想篡改歷史（幸而也有些具反省精神的知識份子），不知是愧對前人的罪孽？還是要重揚大和之魂？一個民族沒有歷史的智慧是長不大的，再豪華的物質也堆不起一寸的歷史智慧。

韋伯政治思想之所以引人興趣，另一半的原因實還是因為他是個十足的政治人。韋伯對政治有強烈的認同，而他也確是大才槃槃，絕不只是一位教書先生而已。他的一些同事就認為韋伯不入德國政治是「上帝可能降給德國之最大不幸」。在他走上生命最後一程時，韋伯自己也不得不承認：「不！我是為筆、為演說的講壇而生的，我不是為教室而生的。這個自白對我多少是痛苦的，但卻是絕對不可置疑的。」他一直要人「像人一樣」地面對時代的問題，他自己就是這樣面對德國當時的政治的。慕尼黑大學「韋伯研究所」的主持人魏克曼（T. Winckelmann）就指出：

> 說韋伯在第一義上是一個科學家，一個學者，實在是再沒有比這說法更遠離事實了。這是絕對不正確的，這是與韋伯之生命實存意義不符的。韋伯是科學家與政治人的一體的化身。他這兩個角色之一體性的結合成為我們這個時代一個真正的哲學的存在。

這樣看來，韋伯在慕尼黑去世前三年中所撰兩篇百口傳誦之文：一是《科學作為一種志業》（Science as a Vocation），一是《政治作為一種志業》（Politics as a Vocation），可說象徵化地呈現了在「學術」與「政治」之間的韋伯的終極關懷了。

韋伯五十六歲的生涯，留給後人追憶者極多，但他給人類最大的遺產是什麼？我覺得艾勃倫斯基（G. Abramowski）講得很好。他認為在韋伯一大堆看似零碎不整的著作中，有一個內在的統一，這是韋伯為一個問題而答覆的。這個問題是：「為什麼一個有普遍歷史意義的、特殊的理性文化，只在西方，特別是在西歐發生？」

> 在歐洲文化之理性化這個科學問題的背後，韋伯為一個深刻關懷的根本的實存的問題所導引，即理性資本主義、理性科學及一切理性的措施與科層組織所形成的力量對我們人類的意義何在？試想，在繼續擴展的「組織科層化」和宇宙世界的科學「覺醒」（disenchantment，此字照帕森斯是指「魔術的滅失」與理性化）造成的條件下，對於人類的自由和負責的行為還能剩下些什麼意義？對於一種有意義的生活方式還有可能再獲得嗎？（係根據 Ilse Dronberger 的英譯）

韋伯對於西方升起的理性主義的悖論（paradox）確是比別人看得遠，體驗得深。這個問題一直折磨他，直到臨死的一刻，因為他不迴避，而想去了解它，想求答案。有人曾問他從事學術之目的。他說：「我想知道我能承受得了多少？」這是何等真誠艱苦的聲音？! 雅斯貝爾斯說韋伯是一實存主義的英雄，是一個「包涵了人之偉大性的人」。他說他的實存哲學即是從韋伯身上獲得啟發的。「我們不再有一個偉大的人能重新肯定我們的認同，韋伯是最後的一個。」以雅斯貝爾斯這樣第一流的心靈，對於他有親身接觸經驗的韋伯，竟能發出這樣的禮讚！讀韋伯書，不知其人，可乎哉？

論韋伯之人者，都說韋伯有「一種對生命的悲劇感」，主要就是因韋伯體驗到西方理性主義（表現之於科學、經濟及組織上）興起後對人之實存意義的巨大陰影。這一種「悲劇感」在中國現代知識份子身上是少有的，中國知識份子不乏憂患意識，但不是韋伯式的悲劇意識。五四及接着五四時代的中國知識份子，基本上是沐浴在理性主義的陽光下，歌頌科學。當然，這與中國近代歷史發展的特殊格局是有關的。畢竟中國從沒有過西方那樣的一個籠罩性的宗教體系。在海德堡「老城」的小巷裏，在古堡傳來的鐘聲中，有時我總難免會思索一些磨折韋伯的問題。

六　星光燦爛的「韋伯圈」

雅斯貝爾斯結識韋伯是在海德堡。有一位與雅斯貝爾斯同時代的學者，就是我前面提到的亨寧漢，他寫過一本《韋伯追思錄》的小書。開頭一句是：「誰要想認識韋伯這個學者，這個人，必須從他那個時代的海德堡的背景中去捕捉。」在海德堡看這本小書是一種特殊的享受。納粹當權時，亨寧漢自德國流亡到美國。後來在密歇根州立大學擔任社會學教授，去世已十幾年了。這本書可看出他學問淵博，記憶力強，所以能把韋伯周圍的人和事，寫得那樣貼切生動。他使我想起寫約翰遜博士傳的鮑士威爾，只可惜亨寧漢寫的只是韋伯一生中的一個片段。他追憶的那一段美好的「老日子」恐怕是海大最鼎盛的時刻，海城最風光的日子了。那時海大學人如雲，韋伯則是一位不教書的「榮譽教授」。韋伯是一八九六年擔任海大教授的，但翌年即精神崩潰，幾乎摧毀了他的創造力，此後靠旅遊意大利、瑞士、西班牙各地觀光養病，時好時壞，如是者六年之久。韋伯之精神崩潰與他跟父親之衝突有關。韋伯極敬愛其宗教虔誠的母親，卻十分憎惡他專橫的父親，尤其不能忍受他父親對其母親之冷漠。後來卒至公開反目，並喝令其父親離開其屋，父親一走，父子再無相見之日，因他父親數星期後就死了。這件事在韋伯心中產生了極大的罪疚，事實上，他的精神崩潰即種根於此。米茲曼的《韋伯傳》即是從戀母情結着墨的。到一九〇二年，韋伯才漸康復；一九〇三年，韋伯研究寫作又回復驚人之量，但他仍無法教書，同時他也承繼了一筆可觀的遺產，所以能夠在海城做一個自由身的學者。那時他的聲名已經遠播歐洲，所以亨寧漢說耶聶克（G. Jellinek，法學家）與特勒爾奇（E. Troeltsch，哲學家）在海大有很大的影響力，「但比起另一個人來就很小了，雖然只有少數的人能夠見到他，但每個人都知道他。他開了腔，那麼他的話總是有人代為傳揚開去的。這個聲音是『海德堡的傳奇人物』的聲音，是韋伯的聲音」。

韋伯沒有教書，但他並沒有成為學術界的邊緣人，他仍是中心。他那幢座落在古堡對岸，尼加河畔的寬敞的三層樓大屋不啻變成了海德堡最出名的沙龍。每個星期天，坐滿了學術、文化、政治各界的名士。由於韋伯有一種性格上的魅力，他妻子瑪麗安娜（Marianne）不只性情好，而且文采卓然，所以這個沙龍就特別吸引人了。沙龍中不只有常客，如海大同事，除他弟弟及上面提到的 Jellinek（影響韋伯對基督教倫理及政治統理之研究甚大）、特勒爾奇（Troeltsch）外，還有哥騰（E. Gothein，史學者，他是極少數在海大開過社會學課的）、文德爾班（W. Windelband，哲學者）、拉斯克（E. Lask，猶太人，哲學者）、甘道夫（F. Gundolf，文學家），等等，假期間，外地來的朋友有松巴特（W. Sombart，經濟學家，韋伯幾次推薦他接其教授之缺）、滕尼斯（F. Tönnies，社會學家）、西美爾（G. Simmel，社會學家），韋伯曾極力推薦他為海大教授，未果）、米歇爾（R. Michels，社會學家，韋伯認為海大至少應該給他一教書機會，亦未果）。再年輕一輩的有亨寧漢、雅斯貝爾斯、曼海姆（K. Mannheim，社會學家）、盧卡契（G. Lukács，馬克思主義學者）及其朋友布洛赫（E. Bloch）等。此外，還有非學術界的，包括政治家紐曼（F. Newmann）、胡思（T. Heuss，後來是德國總統）

及名噪一時的詩人格奧爾格（Stefan George）及他的追隨者。當然其他的自然科學學者、藝術家，還有一大堆。韋伯這個沙龍，真可說風雲會合，星光燦爛。因為沙龍的主人翁是韋伯，所以時人稱之為「韋伯圈」（Weber circle）。在韋伯圈裏，韋伯的聲音無疑是主音，他雖不會不讓別人講話，但據瑪麗安娜說，在韋伯面前，還能真正發表獨立見解的不多，有之，今日享世界性大名的盧卡契是一個。來自匈牙利的盧卡契與韋伯的世界觀可說南轅北轍，他被韋伯夫人描寫為「來自另一極的人」，但韋伯顯然很器重他。盧卡契幾次請韋伯幫忙，想在海大取得教授資格，韋伯二兄弟雖盡了力，但終因他的書不為其他教授欣賞，未能如願。一九一八年後，韋伯對匈牙利發生的政局及盧卡契所扮演的角色都頗不欣賞，他們也從此再未聚頭了。韋伯在給他的信中說：「親愛的朋友，當然是政治觀點把我們分開了。我是絕對相信那些實驗只會使社會主義的聲名受損一百年的。」盧卡契生活在共產世界，與韋伯當然是越來越遠，後來，他甚至把他意識形態上的錯誤歸之於韋伯的影響。韋伯對他當然有影響，但是不是他「錯誤」的一部分，就很難說了，畢竟他在很多場合是很難不言不由衷的。韋伯與盧卡契這一段會遇已成為學術史上甚有趣味的題目了。但我對韋伯圈感到最大興趣的還是那個大圈中的小圈，也即那幾位社會學家構成的韋伯圈；試想韋伯之外，還有滕尼斯、西美爾、米歇爾、曼海姆這四位，他們都先後是卓然成一家言的大家，他們的著作，不論是一般社會學、社會變遷、政治社會學或知識社會學都是現代社會學的源頭活水。幾乎可以肯定的是，沒有了這個韋伯圈，今日社會學的面貌會完全兩樣。

七　帕森斯、韋伯與海德堡

一九二〇年，韋伯去世，「韋伯圈」也就因主人翁之聲沉而星散，但一九二五年帕森斯到海德堡大學時，韋伯仍是「海德堡的傳奇人物」(或應說「海德堡的傳奇幽靈」了)，韋伯圈的餘輝猶在，帕森斯就是這樣被罩在這餘輝之下的。他說韋伯圈是當時歐洲最有影響力的圈子，也許只有巴黎的「杜爾凱姆圈」(Durkheim circle)可以媲美，當然，另一個重要的圈子就是維也納的「弗洛伊德圈」了（這個就不能說是社會學圈了）。帕森斯說韋伯對他的思想產生了「極端重要的影響」。他讀的第一本韋伯的著作就是《新教倫理與資本主義精神》，讀後大為受用。他說：

> 後來我決定把它翻譯（為英文）就是它對我的影響的一個指標。當我去海德堡時，我並無打算攻讀學位，但我發現變為學位候選人沒有太大困難，我就改變主意了。我決定了一個以韋伯著作為中心的博士論文計劃。它關於德國社會科學文獻中資本主義的概念。這個論文開始於馬克思，結束於韋伯。

帕森斯於一九三〇年譯的《新教倫理與資本主義精神》，使韋伯第一本主要著作在新大陸及整個英語世界流行。一九四七年帕森斯又譯編了韋伯的《社會經濟組織之理論》，並且還寫了長達八十六頁的長序。自五十年代起，韋伯的著作一一被譯成英文，他在美國所受到的重視可說超過了在他自己的祖國，推源究因，不能說與帕森斯留學海德堡沒有直接關係。但韋伯對帕森斯的影響儘管巨大，畢竟不能框住這位新大陸的大師。帕森斯自德國學成歸來八年後（一九三七），出版了震撼當時社會學界的《社會行動之結構》大書。他綜合了韋伯、杜爾凱姆、馬歇爾、柏烈圖這些鉅子的思想，隱然構成了他自己的思想體系，並開闢了美國社會學上的帕森斯時代。所以談「韋伯、海德堡、社會學」絕對不能不談帕森斯的。

一九七九年五月二至三日，海德堡大學為慶祝帕森斯畢業五十周年，特地為他舉辦了一個隆重莊嚴的學術會議。大題目是「與帕森斯教授在一起的科學研討會」，主題是：「行為、行動與系統：帕森斯對社會科學發展的貢獻」。與會者除海大社會學系的施洛克德教授、李普秀教授（R. Lepsius）為主人外，還有就是聲名如日當中的哈貝馬斯以及與哈貝馬斯爭一日之長的系統論學者，也是帕森斯在德國的思想傳人魯曼（Nikas Luhmann）等。帕森斯這位社會學的「大老」對這樣的一個安排一定是格外愉快與感動的。當時，帕森斯的聲光在美國正處於大低潮的時刻。其實，自六十年代末期起，帕森斯的理論就一直受到他發展建立的「結構功能學派」派外與派內的激烈批判。記得七十年代初他自哈佛退休不久，經香港去日開會時，我與幾位同事邀請他到中文大學社會學系演講，新亞書院人文館一一五室擠得水泄不通，那時他的理論已經飽受抨擊，但他老人家既淡定，又溫雅，慢條斯理而又充滿自信地把他系統論的觀點用了一個鐘頭的時間，分析美國的大學結構，好像別人的批評與他的社會學理論沒有什麼關係一樣。當然，可以想見的，帕森斯對當時英語世界中社會學界的情形不會是最感滿意的。無論如何，德國的母校給了他這樣一個任何偉大學者可能希望有的尊敬與榮耀，應該是他引為快慰的。他與他的夫人海倫也的確對研討會的主人表示了由衷的歡喜與感念。

研討會完後，帕森斯在海大的「經濟與社會科學學院」發表了一篇《行動理論與韋伯的「理解社會學」之關係》(On the Relation of the Theory of Action to Max Weber's '*Verstehende Soziologie*')的演説。當然，在這篇重要的演説中，他又一次提起五十多年前他在海德堡接觸到韋伯影響的往事。但想不到，這篇演説也就是這位一代社會學宗師的「天鵝之歌」，因為三天後，五月七日夜，他就在慕尼黑逝世了。這真是學術界一個奇妙的緣合。五十年前帕森斯在海德堡寫的是韋伯的論文，五十年後，他又在海德堡，把自己的理論與韋伯的來印證。更不可思議的是：他與韋伯一樣，都是在慕尼黑羽化登仙的。帕森斯青年時代到海德堡時，韋伯剛去世五年，緣慳一面，他一直引為平生憾事。這次他在慕尼黑與世界告別，我想他就可以與韋伯在地下抵掌歡聚，談他對韋伯的仰慕，以及他對韋伯的「正解」，當然，還有他的行動論與系統論了。韋伯一定會熱情地並帶有敬意地歡迎他，當然也會討論他們二人之間的學術異同，至於會不會說帕森斯後期的系統論太傾向杜爾凱姆的整合論上去，就不得而知了。但幾乎可以肯定的，他們二人必會聯袂魂回海德堡尼加河畔韋伯的故居，在二樓的陽台上，品飲瑪麗安娜煮的咖啡，一邊談社會學的往昔與前景，一邊欣賞古堡、古橋、古城構成的海德堡風光。

1985 年海德堡冬景

萊茵河的聯想

替海德堡增添無限靈韻和嫵媚的尼加河在曼海姆（Mannheim）與萊茵河會接。萊茵，這條源於阿爾卑斯山的歷史之河，在德人和外國人眼中，代表了德國，因為它與日耳曼的歷史是一起流動的。就像黃河、長江象徵了中國一樣。萊茵沒有長江黃河的浩闊雄壯，但它平靜的水流卻也載滿了歷史的酸淚苦雨。誠然，無論是坐船或乘火車，見到兩岸綠油油的葡萄園，就只會想起一杯杯晶瑩透明的萊茵美酒。

九年前，在船上，我曾欣賞到五月晚春的萊茵風光。這次，在火車上所見的則是十二月初旬早冬的景色。自美因茨（Mainz）北上，萊茵的冬就恣意地展現在眼前了。山之麓，河之濱，無數黑白相間、綠門綠窗的農舍，在漫天雪花飛舞中，顯得出奇的靜穆幽麗。這是辛勞的農人的居處？抑或是神話故事中的屋宇？為什麼那樣不食人間煙火？而山之腰的一大片、一大片的「白」便是換了冬裝的葡萄園了，最引人遐思的是山之巔一座座的古堡，像孤立在山頭的一隻隻不知寂寞的兀鷹，有的已挺立在那裏上千年了。萊茵的雪景沒有它晚春時節的曠心怡神，但白濛濛的雪花裏，卻更添增了一份神秘。這情景最易想起法國施陶爾夫人（de Stail）所描寫的德國——浪漫的神仙地，一個形而上學家和好夢者的國家。我身邊帶着的是一本羅藍編的《萊茵河的傳奇》。德國大詩人席勒曾說：

> 給我讀神仙故事和傳奇，它們孕育着的都是好的，美麗的種子。

的確，讀《萊茵河的傳奇》，比看德國的歷史美麗得多，好得多了。德國的歷史，特別是二十世紀上半葉的歷史，太多刀光血影，太不好，太不美麗了。

當走出波恩（Bonn）的車站時，一眼所見的，比我心裏想的還要小，還要平凡。這是德意志聯邦共和國的首都（作者此文寫於東西德統一之前——編注）？毫無疑問，這是我所見過最不起眼的「首都」了。不，這不像一個首都。有人說，西柏林是一個沒有國家的首都，那麼，西德應該說是一個沒有首都的國家了。波恩是一個鄉村，一個小城。為什麼首都不設在交通樞紐、商業大都、有政治傳統的「帝城」法蘭克福？一九四九年這個問題是激烈地辯論過的，但最後是貝多芬的出生地，不是歌德的出生地，做了西德的首都。「為什麼選波恩？」今天還有人在問。

來波恩，主要是想參觀西德的國會。海德堡大學社會學教授李普秀的夫人（Mrs. R. Lepsius）是一位資深的社會民主黨的議員。承她好意，安排了我參觀議員大廈（Abgeordnetenhaus）。這是一座二十九層，面臨萊茵河的大建築。論高，是很高，但實在沒有什麼突出的性格，以德國那麼講究建築之美的民族來說，這實在是難解的。國會大廈（Bundeshaus）是一座五層樓的白屋，白得像「白宮」之白，卻沒有白宮那份高雅的氣質，原來這是以前一個教育學院改建的，怪不得呢！不過，當我看到下議院開會的情形，卻油然產生一份喜悅與好感。這裏有激烈的辯論，那天「綠黨」議員發言最多，但沒有流氓氣，沒有罵街。

德國沒有很堅厚的民主傳統，但自一九四九年以來，三十六年中已經建立起一個有秩序、正正派派的民主來了。這是政治奇跡，比它五十年代的經濟奇跡還要難，還要珍貴。希特勒和納粹黨人摧毀了魏瑪民主，摧毀了法治，和尚打傘，無法無天，帶給了德國及歐洲史無前例的浩劫。西德戰後在反省的批判、批判的反省精神下再生，是置之死地而後的新生。德國文豪托馬斯·曼（Thomas Mann）在二次大戰的恐怖過去時，曾預言說：「戰敗者的優勢」。誠然，德國幾乎是一切從頭開始的，德國是真正的「重建」，重建的不只是物質的，也是精神的。民主自由就是重建的最好產品。

國會出來，沿着萊茵河，朝貝多芬的故居慢慢走去。這裏所見的萊茵河已受到工業的污染，對於美國詩人朗費羅（Longfellow）「在此美麗的大地上，所有的河川，無一似伊般美麗！」的讚美就不易領會了。不過，它真平靜，給予人一種可以忘憂的平靜。在十九世紀中葉，法蘭西的民族主義高漲，大唱萊茵是法國的「自然國界」，指出只要一天法國地圖上見不到萊茵的國界，歐洲就沒有持久的和平。當時，日耳曼的民族情緒也一樣的亢奮，有些作家還搞起「萊茵崇拜」來。在德人眼中，「萊茵，是日耳曼之河，不是日耳曼的邊界。」萊茵竟致成為兩國驕傲的象徵，竟致成為「法德世仇」的象徵！這個「世仇」之結現在終於解了。看到眼前平靜的萊茵河，我想起戰後西歐政壇的阿登納和戴高樂二位老人來！

在德國，到哪裏都少不了看看博物館。德國博物館真多，大城有，小城亦有。波恩的一個博物館正展出一九四五年以來德國社會轉變的圖片與繪畫。在圖片上，看到科隆（Köln）被炸後的情景，殘牆斷瓦，一大片，一大堆，竟看不到一幢完整的屋宇。這個阿爾卑斯山以北最重要的「羅馬城」，百分之九十成了灰燼，戰爭的殘酷，怵目驚心。有一張照片，一群黑衫白領的修女，跪在科隆大教堂附近瓦礫上祈禱，畫面蒼涼冷寂，世界一切都靜止了。真奇妙，如此龐大的建築，前後左右的屋舍都炸毀了，就是這座蓋了六百餘年（1248－1880）才完成的大教堂，卻只有些微的損傷，這怎麼解釋呢？是不是原始設計的巨匠蓋赫德（Gerhard）陰魂的護佑？是的，他齎志以歿，未能看到大教堂的完工。蓋赫德死後，大教堂一直被荒遺着，夜半時分，在大教堂的廢墟中，常發出懊惱歎息的異聲，科隆人說，那是蓋赫德死不瞑目，因為他曾立意要使它成為西方世界最偉大的教堂的。一直到一八八〇年，在伏格泰（Voigtel）手中，這座伸入蒼穹、俯視萊茵的大教堂才補建完成，此後就不再聽到蓋赫德的歎息了。

從波恩到科隆，只有二十分鐘的車距。抵波恩第二天，科隆大學的巴羅（Barao）教授接我去科隆。在他的研究室中，交換了不少意見，想不到他對澳門有這麼大的興趣。科隆我九年前就到過的。像九年前一樣，再見到蓋赫德的大教堂時，又再一次產生震動性的驚歎。如此巨大宏偉的建築，只能叫人聯想起長城、大運河！

科隆這個萊茵河上的羅馬人古都，戰後迅速在灰燼中重建了。今日，我看到的是一片興旺，科隆又成為文化、貿易和工業的重鎮了。人口八十餘萬，是萊茵區的第一大都。在西德，也是僅次於西柏林、漢堡、慕尼黑的第四大城。在科隆，到處看到的是古羅馬的蹤跡，而不是二次大戰的痕印。在波恩三天，走遍了這個「小都」的「古城」，戰後加上去的哥特斯勒格（Bad Godesberg）和其他幾個衛星小鎮，比原來「古城」大了四倍，就無法一一去了。熟悉了波恩的「古城」後，越來越覺得波恩可以居，可以遊了。來波恩旅遊的人，大都以為值得參觀的就是國會和貝多芬故居。錯了，我就錯了。波恩實際上是德國最古老的城市之一，是一個非常精緻、文化氣息十分濃郁的大學城。波恩大學的前身是一七七七年大諸侯弗里德里希（M. Friedrich）建立的學院。一七九八年法國人把它關閉了，到了一八一八年，萊茵區歸屬普魯士帝國之後，大學重開，命名為「皇家普魯士大學」，一八二八年後大學正式的名字是 Rheinische Friedrich-Wilhem-Universität，當然，我們只管叫它「波恩大學」。西德這個不過二十八萬人的小都，大學生卻佔了三萬，所以書店特別多，咖啡店、酒館也特別多。德人喜歡聊天，談學論道都在杯酒之間。

波恩大學自一八一八年就搬到十六世紀科隆大諸侯所建的巴洛克式皇宮裏去了。很少大學有這樣富麗堂皇的校舍，有之，可能就是曼海姆的曼海姆大學了。這個戰後重建的黃色宮宇的後面是法國式的宮廷花園。花園的顏色隨四季之轉而變，但總是一片靜穆莊嚴。不過，大學的前門，就面對古城市中心的大街了。像德國其他小城一樣，市中心都列為了「行人區」，汽車與人搶路的情形是見不到的。「心不在焉」的教授盡可以在大街上做白日夢。Remigius 街的安詳雅麗，在世界「大城」中，恐怕只有在慕尼黑才找得到。慕尼黑有大城的規格，卻有小城的風味。我是十一月二十八日到波恩的，這一天開始，德國聖誕節的氣氛就濃起來了；街頭上的飾燈，在夜色中熠熠生光，而「市墟廣場」的貝多芬銅像下，擺滿了一幢幢的臨建小木屋，這就是一年一度的聖誕市場了。在一個滿置各色各樣的蠟燭的小木屋前，我駐足不前了，太漂亮了。「你是住在波恩的吧？!」我問這個小木屋的主人。「不是，我是荷蘭人。」「那你為什麼不在阿姆斯特丹賣呢？」「荷蘭人已不知道什麼是聖誕節了。」奇怪，德人在現代化上是歐洲最居先的，但對傳統的擁抱卻一絲不落人後，波恩像海德堡一樣，整個十二月都浸在聖誕的鐘聲燭光中。

波恩的波恩街二十號是貝多芬的故居。在那麼平凡的小街上，在那麼平凡的二層樓的小屋中，特別是二樓那間那麼平凡的小房間裏，就是貝多芬出生的地方。貝多芬是個矮個子，真想不到他的交響樂給人那種雄偉浩闊的力量。但他的氣宇很不平凡，那雙眼炯炯有神，那張抿着的嘴最顯出倔強的意志了。二十七歲他就患了「失聰症」，未及三十二歲，就活在死亡的陰影下了。他的命真苦，第十交響樂之不能完成，就是因付不出煤炭錢。死之時，狂風怒嘯，雷雨交加，勢若萬馬奔騰，莫非就是他的遺曲?! 看他一八〇二年寫的《聖城遺囑》，那一筆書法，可惜不是中文的，否則一定是高標獨舉的「貝多芬體」！在法蘭克福，我曾去過歌德的故居，寬敞多了，體面多了。年輕時，曾迷過他的《少年維特的煩惱》。其實，歌德一生的愛情多彩多姿，在愛情上，只有他使人「失戀」，一點也不像維特那樣悲劇性。歌德命好，一生十全十美，他的才華也是十全十美的，不只是詩人、劇作家，還是律師、政治家，同時在自然科學上也有不凡的成就。完全不似貝多芬，歌德是了無遺憾地與世告別的。德人對於過去的文學家、藝術家都有親切的慕悅與崇敬，到哪裏，都有他們的紀念物。西德如此，東德亦然。政治使他們分裂，文化還是有讓他們連在一起的地方。二十世紀的德國，兩次亡了國，但文化未亡。文化是根，根未斷，所以在廢墟中又復活了。

離開波恩前一天，紐曼（Newmann）博士本來準備陪我去愛非爾山（Eifel）的，我已久仰愛非爾（老火山）一帶的風光，特別是從那裏，居高臨下，最能通覽萊茵河的勝景。無奈大雪，不良於車行，紐曼在電話中說：「遺憾去不了愛非爾，但我會給您一個驚喜。」在紐曼車子裏，他也不告訴我去哪裏，只知道車出了波恩市區，又過了萊茵河，在雪地上行了幾十分鐘，然後在一個小鎮停了下來。風景優美，空氣清新，附近的山勢雄健秀麗，我問：「這是什麼山？」「七高山（Seven Mountains）。」這名字不期然令我想起了馬料水山頭中文大學日日面對的「八仙嶺」。儘管不一樣，但二者的風姿，看了都叫人舒服。再走了一段雪地，紐曼指着半山的一間白屋，「我們去那間白屋看看。」「誰的屋？」「阿登納的。」噢，這確是給予我一個驚喜。阿登納不是傳奇人物，但德國之所以成為今日的德國，與這位戰後的政治人物的名字是分不開的。他是俾斯麥之後德國最重要的政治家。

白屋在山腰上，登上了五十八個石階的山坡，來參觀的老年人有些腳力不繼了。阿登納在一九三八年蓋了這所屋子，他故意要與汽車絕緣，蓋得高高的。要來看他，就得爬山坡，他在八九十歲時腳力還是那麼健。阿登納生前，種樹蒔花，像個花農，他不願意把公事、國家事帶進這間白屋，這完全是他個人的世界，他與他家人的世界。未進門，已被周圍的樹木、花草和石雕吸引了。松柏、櫻花、蘋果樹、石南花、茶花、鬱金香，更多的是這位老人最喜愛的玫瑰，這一切都是阿登納親手經營的。這所灰頂白牆的屋子，當然算不上堂皇華麗，但無疑可以看出屋主人是挺有品味的。音樂室、客廳、飯廳、臥房、書房、船室（因過去船鐘掛在這裏而得名，事實是早餐室），都稱得上典雅精緻，裏面的裝飾物就一一具有歷史的價值了。客廳裏的陶瓶是戴高樂送的。戴高樂曾以屋主人私人朋友的身份在這裏住過。船室裏的二幅油畫，一幅是邱吉爾的殘缺的古廟，一幅是艾森豪威爾的山水。這幅山水有點「舞文弄墨」，沒有什麼精彩，邱翁的畫也好不到哪裏去，但畢竟有些才子氣。飯廳裏的一瓶酒，在他九十歲生日時也剛好是九十年，現在已是百年的「老酒」了。毫無疑問，最令人激賞的是客廳窗口所見的一幅自然的大畫，那是萊茵的景。這次雖不能到愛非爾看萊茵，但這裏所見的萊茵一樣大有可觀！窗外的萊茵是那樣的寧靜無波，我相信這是屋主人所最愛欣賞的景色。

是的，阿登納的終生大願就是結束法德的世仇。自一九四九年到一九六三年，他是西德的首相。當選，再當選，又當選。在這十四年中，他始終是西德的掌舵人。在他的領導下，德人創造了經濟奇跡，使西德在戰火中迅速復興。阿登納代表德國，公開承認國社黨是用了德國的名義，追求邪惡的第三帝國的迷夢！阿登納應該不會不希望有一個統一的德國。斯大林是贊成德國統一的，但他只允許德國在共產主義下的紅色的統一。阿登納為了保障西德的自由，同時也壓根兒厭惡納粹的「大德國」的臭味。他決心與西方結盟：一方面與法國化解世仇，一方面組織歐洲大社會。今之人中，依然有人責怪他倒向美國，斷了與東德的統一之路。也許這些批評不是毫無道理，但當時阿登納的政敵社會民主黨的舒馬赫（Schumaher）主張德國統一。但實際上有可能嗎？即使讓德國「中立化」，又達得到嗎？瑞士蕞爾小國，天生就有中立的條件，而德國在歐洲是龐然大物，能「中立」得了嗎？蘇聯會允許嗎？美國、英國會同意嗎？特別是法國和其他歐洲小國會放得了心嗎？而一個統一強大的德國願意或能夠永遠中立嗎？

阿登納是科隆人，他做過科隆市長，在蓋世太保手上吃過苦、坐過牢。一九四五年美國促使他回去當被毀得體無完膚的科隆市長；但英國竟以他「無效率」把他解了職。一年後，這位喜歡玫瑰而不願被稱為「種玫瑰的人」的阿登納，就在英國管轄區內當選了基督民主黨的領袖，並成為戰後西德重興的政治家。他的外交政策也許會繼續受到爭論，但他在內政上至少比俾斯麥還要成功些。阿登納不是天生的「民主人」，但在他的任內，西德發展了為萬世開太平的民主。

看着這老人的肖像，額上刻着一道道的皺紋，沒有笑容，也許他覺得德國並沒有獲得長遠安頓的基礎吧！我看看周遭的訪者，少得很。有幾個老年人，也有一兩個幼孩，但就沒有年輕人，這麼短的時間，他就被新一代的國人遺忘了？

窗外，萊茵的水靜靜地流着，萊茵流着的是德國的歷史，我不能不想起統一德國的俾斯麥來。

從波恩北上到漢堡，倒不是專為去看俾斯麥的故居，我是專程去看台灣大學的同窗聶有溪博士的。他熱情的來信，使我無法不到德國北方的水都一行。台大驪歌之唱，二十有八年矣，我們分手應該有二十六年了，「昔日君未婚，兒女忽成行」，在漢堡有溪家中，看到他夫人和兩個很有禮數的孩子。在喜悅中不免有光陰如箭的唏噓。我們忙着談德國的事，兩天的歡聚竟沒有隻字提起台大法學院法律系的當年，也許，那是「太久」的事了。

漢堡是德國北方第一大都，人口一百八十萬，面積與香港差不多，漢堡的重建又一次令我體會到西德復興的意義。二次大戰時，死了四萬八千人，毀了三十萬幢建築，但現在哪裏有半絲戰火的遺跡？即使重建的屋宇也是歸復了原有趣味與風格。我不知道它原來是世界第一個有地下鐵的城市，我也不知道它是比威尼斯有更多橋（一千三百座橋）的城市，我更不知道它是世界綠化最好的城市。漢堡有許多世界之「最」，當然包括男士很少不去一遊的世界最多聲色之娛的 Reeperbahn 街！

漢堡已遠離萊茵，它是易北河上的大都。俾斯麥的祖先就住在愛伯河的東岸。從漢堡乘地下鐵到艾墨爾（Aumühle），再轉火車到弗里德里斯魯（Friedrichsruh）這位鐵血宰相的故居，大約一小時。

在艾墨爾等車的時間裏，到一家叫 Fürst-Bismarck Mühle 的餐館喝咖啡，這是一幢十九世紀德國典型的木屋。門前是一個已結了些冰的小湖，湖中的倒影越顯出這幢木屋的拙趣。「為什麼這餐館用俾斯麥之名？牆上又到處掛着他的像呢？」我問一位夥計。「這是俾斯麥家的產業呀！」原來從艾墨爾到弗里德里斯魯，一大片的山林都是德王威廉送給他的老臣的采邑！

在弗里德里斯魯下了火車，走不到十分鐘，就是俾斯麥的博物館了。這個博物館不大，但可看的東西真不少，那些巨大的銀雕金刻的功勳牌，迄今還隱隱生輝。但整個館裏，除了我之外就是我的足聲了。在一個玻璃櫃中，展出的是李鴻章當年來此拜訪這位鐵相時所題的字，上面有「仰慕畢王聲名三十餘年……」這些話。的確，俾斯麥曾被視為當時歐洲最偉大的政治家，而他的聲名到一八七一年統一德國時，更是如日中天了。當這位七十二歲的老宰相被威廉二世貶黜時，弗里德里斯魯成為了德國的聖地，朝聖者不絕於途，生前他已是一位「傳奇人物」了。

俾斯麥常說，一個人能做到的很少很少。不過，他確是隻手改變了德國命運的巨人。但是，儘管他用盡心機，他想要防止、想要拖延的事，世界戰爭，世界革命，最後，其實在他身後，不久都一一發生了，而他熱愛的普魯士國連名字都已在人們記憶中淡褪了。韋伯說得對，俾斯麥政治成就的悲劇，就是他老年時已無法適應他自己創造的帝國的經濟結構了。所以，俾斯麥還是對的，一個人能做到的是有限的。歷史就是這樣清清楚楚地展示，但人就是不肯從歷史中汲取教訓。三十年代，德國的一個狂夫，一個魔術師，他甚至不要人把他與俾斯麥一起比，因為他認為他比俾斯麥還要偉大得多，他要建立連鐵血宰相做夢都未做過的德意志大帝國！就是這個狂夫，把德國推向血淵骨嶽，點燃了世界大戰的火頭。就是這個狂夫的罪孽，使德國今日年輕的一代對於德國的「政治之過去」產生罪疚感、無奈感、虛無感。今日的德人像阿登納一樣，從不提「過去」，他們把希特勒一路通向俾斯麥的歷史，一筆塗銷。德國年輕人生活在「政治斷層」的時代裏，他們把一九四五年看做是「零年」，一切從零年開始。

無怪乎，弗里德里斯魯這麼大的地方，只有我這個好奇的異鄉客。

從弗里德里斯魯，我沒有搭火車，穿過一大片森林，慢慢走去艾墨爾。這片森林，好幽靜，也好冷冽。此刻，埋在雪裏的落葉，在陽光下，又在溶雪中透露出紫紅的鮮豔，像踩在一大塊、一大塊晚秋色的地毯上，我想，這山林在秋天該是很美的。

臨近艾墨爾的林邊，看到一位長滿鬍鬚的年輕人在散步，終於遇到一個德國人了。「您在此有何貴幹呀？」是我問的。「尋找靈感。」「從俾斯麥身上找靈感？」「不，不是。」「您去過他的故居嗎？」「我沒有興趣。」「就在不遠的地方呀！您可知這就是俾斯麥常散步的森林嗎？」「我知道。」原來他是一個演員和劇作家，他說他有一個劇本不久就要在「布亨」市演出，講的是一九四五年以後德國年輕一代的彷徨和思索。是的，俾斯麥對德國年輕一代來說，已是太久太遠的事了，尤其是通過了一個噩夢一般的「第三帝國」，他們更不願記起「過去」了。誰又願意面對只會引起罪疚與羞愧的「過去」呢？但「零年感」，似乎也並沒有帶給德人一顆可以安身立命的心。人是無法逃避歷史的，「過去」與「現在」的邊界又是如此的稀薄與模糊！無論如何，人是發展的，社會是發展的。人可以斬斷「過去」，但不能不生活在「歷史」中。德人是太怕重蹈第三帝國的覆轍了；這是好的，但真正的勇者境界是面對歷史，從錯誤中汲取智慧。戈樂．曼（Golo Mann）說得很有意思：「問這樣的事『會不會』重演，在我看來是無意義的，我們『要不要』它們重演，才是更有意義的問題。」在想這樣的問題時，總會聯想起中國大陸上許多人依然心有「餘悸」和「預悸」的文化大革命。

南歸的火車上，又見到了萊茵河。這一周的北方之旅，恍惚行走在歷史的隧道中。

柏林的牆

德國居歐洲的中心地帶，海德堡在地理上又是德國的中心。坐一小時火車到法蘭克福，從法蘭克福，乘泛美客機（西德的民航機不飛柏林），也是一小時，到西柏林（作者此文寫於東西德統一之前 —— 編注）。西柏林像是共產德國汪洋中的一個小島，距西德最近的疆界也有百餘里。它是完完全全孤立的。

西柏林的地位非常特殊。它是德意志聯邦共和國的一個「邦」，是與西德的經濟、法律、行政相連的「特區」。雖然它有民選的政府，但卻是歐洲目前唯一軍事佔領的城市。根據一九四九年倫敦協議，柏林被瓜分，由美、蘇、英、法四國聯管。蘇聯所統治的恰是柏林的一小半。由於蘇聯存心吞掉整個柏林，所以「東」「西」的冷戰在熱戰剛結束就開始了。一九四八年時，蘇聯割斷通向西柏林的一切陸上交通，西方聯軍只好以空投來維持西柏林的生命線。起初，一天十架，繼之百架，最後每日以千架次往返於西德與圍城之間。在這場史無前例不冷不熱的柏林「解圍戰」中，聯軍的空運人員犧牲了七十人，德國工人犧牲了八人，這才使西柏林活下去，挺下去，蘇聯最後也只好讓步，撤銷封鎖。一九四九年五月二十三日，德意志聯邦共和國呱呱落地，未幾，德意志民主共和國也成立了。這就是今天的西德和東德。

五十年代，東德逃往西德的不下三百萬人，一半以上是通過柏林的。不以修養到家出名的赫魯曉夫受不了了。一九六一年八月十三日，一夜之間，在蘇聯坦克威鎮下，東德士兵和工人在東西柏林之間建立了一道牆。開始是電線和路障，但依然阻不了逃亡潮，接着就換了水泥鋼筋。這道九尺高的醜陋之牆就這樣把柏林一割為二。這是違背倫敦協議的，更是不人道的。不過，聯軍眼巴巴看着，沒有能做什麼。西德情緒高漲，認為這不啻是在德國分裂的文件上蓋了最後的印。阿登納沉默了很久，他一直是主張實力外交的，最後在電視上向國人報告為什麼他不能有所行動。他說，核戰的危險性太大了。從此，在「核戰恐怖」下，柏林的局面冰凍了！一九六三年，瀟灑英俊的肯尼迪總統在西柏林說：「我也是一個柏林人！」話說得真叫柏林人舒服，一時間，情緒亢奮得很，但畢竟只是一句漂亮話！

作為一個中國人，對德國的命運不由不特別注意，對柏林這道牆更不由不特別敏感。除了長城之外，這是世界最著名的牆。不同的是，長城是防外敵入侵的，柏林牆是防人民外逃的；當然，長城美，柏林牆醜，前者一年四季都入目可觀，後者春夏秋冬都一樣刺眼。不過，二者也有相同之處，長城與柏林牆皆是今日觀光工業的重點了。天下事，就這樣不可思議！

為這道牆，我來德國前就決定要去柏林了。

十二月九日到十二日，在柏林待了四天，十二月十日去了東柏林一整天。

柏林很久以來就是一個響亮的名字。柏林與太多美的、醜的符號與事物強烈地連在一起。無論如何，今日它已與俾斯麥的帝國之柏林告別；已與二十年代、三十年代集歡樂與頹廢大成的柏林告別；也已與納粹的第三帝國的柏林告別。一九四五年戰爭結束的一年，柏林是一片焦土殘垣，但不過三十年，柏林再生了，是烈火中再生的火鳳凰；是兩隻，不是一隻。不過，這是兩隻性格迴異的火鳳凰。

西柏林的重建真快，今日已看不到一點戰火的遺跡了。有之，便是威廉帝君紀念教堂（Kaiser Wilhelm Memorial Church）那個殘缺的鐘塔了。像海德堡的殘堡一樣，這個鐘塔也已被視為「柏林最美的殘缺」。它是故意被保留下來，用來告誡國人戰爭之可怖。柏林曾受三次空炸。第一次在一九四〇年，那是英國對德國閃電空襲倫敦的報復；一九四三、四五年兩次則是英美地毯式的轟炸；最後的一次，在一個鐘頭裏，一里半方圓的市中心全被鏟平，成千成萬幢房屋剎那間灰飛煙滅。不錯，希特勒對敵人是無所不用其極的，盟軍在那個戰爭的日子裏，怎麼能手下留情？! 誠然，當時的心態是，對付希特勒，對付納粹，對付德國是一而三，三而一，不必分的。以牙還牙，什麼方法都是合理的。是的，在那個今日德人不願回首的日子裏，當時的德人，不是很少，而是很多，都是跟着希特勒瘋狂走，都是像患了癲癇症一樣，難怪阿登納公開表示過：「在國家社會主義時期，德人所作所為使我鄙視他們。」但是，畢竟也有不少德人與希特勒和納粹是不共戴天的。唉，在戰爭中，人不是全瘋，就是半瘋；不是全盲，就是半盲。有多少能不瘋不盲的呢？

西柏林重建得也許太快，也許不能不快。許多新建的屋宇都是灰暗的、單調的、無個性的鋼筋水泥。真能令人悅目、值得觀賞的還是那些古建築，那些恢復舊觀的新建築。「夏綠蒂宮」（Charlottenburg）富麗堂皇，居然無恙！那座因一九三三年神秘着火而著名的帝國國會大廈是重建起來的，還是寫着「獻給德國人民」字樣，裏面有一個展覽：「反省德國的歷史」，它對一八〇〇年以來德國的政治社會史，有一個很坦白嚴峻的反省。日本有許多地方學德國，有的還青出於藍，在這方面，日本為什麼不學？!

講重建，東柏林一樣值得大書特書。東柏林的復原比西柏林慢了好多拍，至今還容易見到戰火的遺痕，但戰前許多古老光輝的大建築，都一一重建起來了。在雄偉的勃蘭登堡門（Brandenburg）之東，那條菩提樹大道（Unter den Linden，中譯為「在菩提樹下」）一度是柏林最宏偉的大道，這是腓特烈大帝視為帝都最中心的建築群，最能顯出十八世紀的榮光。一直到二次大戰被毀前，它的光輝，熠熠奪目。東柏林現在已重植菩提樹，一些巨大的建築或復原或新建。希臘廟宇式的德國國家劇院就巍巍然豎立在洪堡（Humboldt）大學前面了。距菩提樹大道不遠處，東德也努力在回復老柏林的另一個大建築群。中央是巨柱擎天、氣魄雄偉的大劇院（Schauspielhaus），左邊是雍容華美的「法國大教堂」（Franzosischer Dom），右邊正在動工的則是「德國大教堂」（Deutscher Dom）。這些建築的復原，不只需要大資金，還需要大魄力。東柏林慢條斯理地，一幢幢、一座座地恢復。一般公認東柏林之重建比西柏林更能彰顯老柏林的原趣。當然，東柏林包括的是老柏林原有的中心區，而它又是東德的「首都」，特別是為了要與西柏林競賽，不能不賣氣力。有趣的是，東柏林不但一一恢復古都的舊觀，甚至連腓特烈大帝的馬上銅姿也從波茨坦搬回菩提樹大道來了。除了「卡爾·馬克思大道」是模仿莫斯科，發揚「共產主義精神」外，東柏林表現出來的則是重顯普魯士的昔日榮光。我們得知道，東德儘管是莫斯科的衛星國，但東德人還是有德國民族的自豪。東德的工業在歐洲排名第五，在世界排名第十，國民所得高於意大利、愛爾蘭，更妙的是，電視機的平均擁有率比法國還高。的確，他們很「德國」，至少在東柏林遇到的人，好禮；見到的地方，乾淨。當然，東柏林要跟西柏林比還有一段大距離。「菩提樹大道」縱然莊嚴宏偉，「亞歷山大廣場」儘管也多了咖啡店、餐館、小商舖，但較之西柏林「柯芙斯妲大道」（Kurfursten，昵稱 Kudamm）的火樹銀花，城開不夜，就顯得黯然失色了。二里長的 Kudamm，車開六道，行人道更是寬敞愜意，它有一千一百家商舖、百貨公司、時裝店、咖啡店、劇院、畫廊。那情景，那氣氛，令人想起巴黎的香榭麗舍。是的，Kudamm 所見的女士在婀娜嫵媚中更多一分剛健的風姿！

西柏林也許是資本主義的西德中最有資本主義色彩的，而西柏林中最炫耀資本主義物質之富美的應是「維吞班克廣場」的 KaDeWe 大百貨公司了。員工二千八百人，一層層的擺設，處處顯出商業與藝術的結合，連來自東方最資本主義化的香港的我，看了都只有讚歎的份兒。特別是它六樓的「食品樓」，裝飾之雅，品類之富，非親見不足為信，五百種麵包，一千種香腸，一千五百種芝士！到柏林的人，除了看牆，不能不到此樓一遊。相對之下，東柏林在「社會主義櫥窗」，何其平淡、寒傖。離西柏林的當晚，我在「歐洲中心」頂樓的 I-Punkt 咖啡館外眺，西德這個「特區」，夜景之繽紛燦爛，恐怕只是稍遜於香港維多利亞港的兩岸！

東柏林與西柏林，可說是「一城兩制」，只要牆存在一天，就是兩個迥然不同的世界。其實，牆的西邊最吸引人的地方倒還不是資本主義的物質之富，而是它的自由，自由使西柏林這隻火鳳凰充滿文化的活力。

西柏林有動人的文化，早在一七〇〇年，萊布尼茲（Leibniz）到柏林，建立普魯士科學院時，就使柏林取得德國的學術領導地位了。柏林在德國的文化中，三百年來，一直有很特殊的位置。施萊爾馬赫（Schleiermacher）在《德國大學偶思》中，對於選擇柏林作為一所偉大大學所在地的構想，有這樣的話：

> 為什麼是柏林？是否這樣的選擇是鑒於唯有柏林才能提供的好處？誠然，這些好處是顯而易見的。因為柏林是一個學術、天才、藝術的豐盛的中心：它擁有許多機構，正可能支援一所大學。反之，這些機構也可從大學中獲得一個新的光輝，一個新的希望。同時，柏林提供了一個最有文教的生活模式。

施萊爾馬赫的話是一八〇八年講的，那是一個思想風發、人才輩出的年代。一八一〇年，偉大的柏林大學（洪堡大學）就誕生了。

柏林在俾斯麥打敗法國，統一德國之後，享有了好一段安定的日子。工業上一日千里，成為工業的重鎮。到了二十世紀初葉，更無可爭議地成為德國政治與文化的大都會。藝術家如印象主義、表現主義的 Max Leidermann、Louis Corinth 等開始在繪畫上向慕尼黑的地位挑戰，維也納的 Max Reinhardt 成為德國劇院的負責人，決心使柏林成為領導歐洲的劇場中心。德國音樂上浪漫主義的魯殿靈光 R. Strauss 就在皇家歌劇院任總指揮，而科學家有發現肺病、霍亂病病菌的 R. Koch，有名重一時的物理學家普蘭克（Max Planck）所建立的著名的 Max Planck 研究所，二十世紀最偉大的科學家愛因斯坦就在這裏負責物理學。真是風雲際會，極一時之盛。一次大戰後，普魯士的氣息煙消雲散，柏林更變為一個百花齊放、光怪陸離的藝術之都，荒謬與嚴肅一齊登場。Otoo Dix、Max Backmann 的畫就告訴我們那是什麼世界了。文學上左翼的 Heinich Mann 當選為普魯士作家學院主席，布萊希特（Brecht）繼承了 Max Reinhardt，電影製作家如 Fritz Lang、Joseph Von Sternberg 可說是一代的先驅。進入二十年代之後，世界經濟不景氣，失業大增，通貨膨脹更到了上街要用皮箱裝鈔票的地步。到了一九三三年，希特勒上台，一個絕對荒謬瘋狂的時代開始了。五月十日那天，納粹組織了成千的學生，拿着火炬遊行到菩提樹大道洪堡大學門口。他們手中有書，但不是去上課，而是到火炬場，托馬斯・曼（Thomas Mann）兄弟二人的書，愛因斯坦的書，弗洛伊德的書，左拉、紀德的書，都燒了。學者、文士、藝術家當然只有自求多福，各奔前途了。從此，柏林進入了文化的黑暗時期！

但今日柏林又重生了，在政治上、經濟上重生，在文化學術上也重生了。誠然，這還是由於它的底子厚、人才多。西柏林的博物館、圖書館多不勝數，雖沒有東柏林的 Pergamon 那樣雄偉的博物館，但新建的 Dahlem 博物館、國家藝術館、國家圖書館均是第一流的。二次大戰時建築被毀，珍藏的藝術品、書籍卻未遭戰火。德人不只愛文化，簡直崇拜文化。薩克遜邦肯花三千二百萬馬克從倫敦拍賣行買回十二世紀的 *The Evangeliar of Henry the Lion* 這本書，與其說是出於對宗教的熱忱，不如說是出於對傳統與鄉土之愛。我在柏林時，這本世界最貴的書正在「藝術與工藝博物館」(Kunstgewerbe Museum)展覽。

西柏林政府對於文化的鼓勵不惜工本，遂而吸引了歐洲不少一流的人才，特別是學生與藝術家。他們可得到政府特別津貼，還可以免去服役的義務。既然原來柏林大學（洪堡大學）落到牆的那一邊了，牆的這一邊就在一九四八年建立了「自由大學」。自由大學外，還有技術大學。加起來有七萬五千學生，三萬教職員。此外，還有無數以 Max Planck 研究所為首的研究機構，共有五千多專業的研究生。這次，我在柏林作客的是「柏林高級研究所」（Wissenschaftskolleg Zu Berlin，英文名是 The Berlin lnstitute for Advanced Study）可能是柏林最新、也可能是最有前景之一的高級學術機構。它成立於一九八〇年六月，由私人基金會支持，所址原來是一豪華的私家別墅，氣質典雅，充滿書香。毫無疑問，柏林高級研究所的理念是從普林斯頓高級研究所那裏得到啟發的。這個研究所不大，共四十位院士，研究所的午餐方式，使我覺得回到了九年前劍橋克萊亞書院（Clare Hall）的日子了。特別高興的是與該所兩位「永久院士」之一的列普尼士（Wolf Lepenies）教授會面。他是自由大學的社會學教授，原來是普林斯頓高級研究所的院士。德國人還是回到了德國。他剛出版的《三個文化》一書，引起我很大的興趣。不知這本大書會不會像斯諾爵士（C. P. Snow）的《兩種文化》那樣造成世界性的注意或爭論呢？在高級研究所的早餐桌上，天天見到盤恩彭教授（N. Birnbaum），談得很愉快，我最記得他寫的《馬克思社會學的危機》那篇文章。說到馬克思，我很不易忘掉在東柏林時訪問他母校洪堡大學的經驗。

洪堡大學在戰前極享盛名。所以，我一過了「查理檢查站」（Checkpoint Charlie），就向那所大學步行而去，不到十幾分鐘就到了。建築很古典，只是有些破舊了。校門前洪堡兄弟兩人的石像都有「智者」的氣稟。在一個學生的餐廳裏，在兩位同學面前自我介紹後就坐下來跟他（她）們一起喝咖啡了。我發現他（她）們都十分喜歡跟我這位不速的東方客談天。慢慢就增加到六位同學了。有學法律的，有學教育的，也有學文學的。奇怪，他（她）們的英語都講得很不錯。儘管俄文是必修的，但他們都更喜歡選修英文。在兩個半鐘頭的言談中，我嗅不到教條味，只有在談到德國統一問題時，有一位，只有一位，這麼說：「也許將來會統一在社會主義原則下吧！」說時有些靦腆，其他幾位就望着她，帶着一種很難形容的笑容。他們幾乎都說：「我們不以為德國的統一是可能的，至少很久很久不會可能。」他們理解到除非東西方的冷戰解凍，除非美蘇有真正和好的一天，東西德的統一是極渺茫的。「你們希望見到統一嗎？」「是的，但太難了，我們所能做的只是希望。」是的，人不能沒有希望，人有時唯有靠希望才能活下去！牆的東邊的人特別需要靠希望。

關於德國的統一，牆西邊的人就連這個希望也似乎不存了。他們把這個問題，不只看做是「不是可能」的事，更看做是「不是好」的事，就有些知識份子說：「坦白講，統一不一定是好事。德國的統一不只對世界的和平不好，對歐洲的和平不好，對德國本身也不一定好。」這些話的背後，有太多的歷史與反省的感觸。西德人中，除了一些與牆那邊有親友者外，很少，特別是年輕的一代，對德國的統一有什麼熱情。戴高樂曾語帶輕快地說：「德國人變了。」

我曾特地到西柏林的奧運場。居然沒有炸掉，那是一九三六年希特勒要向全世界炫耀日耳曼人優越的地方。當然，我們知道他這個狂妄的

東柏林

迷夢被一個叫歐文思的黑人運動家粉碎了。這個運動場真不小，座位九萬五千個，站位二萬五千以上。遠遠我可看到那個包廂，在那個包廂裏，希特勒曾志得意滿、耀武揚威地站着演説。當年他演説時，德人如癡如醉，像着了魔一樣！但今日的年輕人再聽到希特勒的演講錄音時，就忍不住會笑，更忍不住會奇怪，當年他們的父母怎麼可能對那副腔調會不笑的呢？當年膨脹了的希特勒，不但德人覺得他非比常人，覺得他有「奇里斯瑪」(charisma)，連希特勒自己也忘掉了人工化的膨脹，也覺得自己是半人半神了。這個膨脹了的「巨人」，一旦被戳穿，就是一個小丑了；小丑的話怎能不令人發噱？也許希特勒一直是那樣的一個無賴小丑，只是德國人變了；他們再看不到希特勒身上的「奇里斯瑪」了，也不再希望追求德國的榮光了！不久前一個對西歐的民意測驗，問他們是否對自己的國家感到自豪。在德、英、法、西、意五國中，感到「自豪」最少的是德國人；反之，感到不值得自豪最多的也是德國人。這是很有意思的發現！很值得深思的發現！

德人從希特勒身上獲得了太深的教訓。他

們，至少為數不少的西德人，不再覺得強大、統一、民族主義這些東西的吸引力了。分裂使德人清醒，至少牆的西邊的人越來越覺得，一旦德國統一，歐洲人固難以「安枕」，德人自己也恐怕難以「安分」，他們怕會再患上「帝國夢症」、「強國夢症」。其實，戴高樂所以能與阿登納做朋友，就是因為阿登納只代表了半個德國，就是因為可以看到萊茵河的風平浪靜！法國人會安心嗎？如果德國成為八千萬人的統一的德國？有位法國人說得真妙：「我太喜歡德國了，特別是現在有了兩個。」英國人呢？有人曾問邱吉爾德國的未來。他說：A Hun alive is a War in prospect.（「只要一個匈奴活着，戰爭就有可能。」Hun 一字也指二次大戰中的德兵，邱翁用詞之精，於此可見。）歐洲其他的國家怕德國的統一，蘇聯、美國也不會喜歡出現強大統一的德國。而德人，至少絕大多數年輕一代的西德人，現在喜歡的是自由，不是統一。像他們偉大的詩人海涅（Heinrich Heine），像他們最崇拜的文學巨靈歌德一樣，年輕一代的德人把自由放在價值天平的第一位。海涅厭惡民族主義，特別是日耳曼民族主義，認為那是基於仇恨之動力產生的一種愚蠢和破壞的力量。歌德覺得革命的戲劇有趣，但卻奇怪而可厭。他曾說過這樣的話：「日耳曼人呀！你們希望成為一個國家，那是徒然的，不如把你們自己變成自由人吧！那是你們做得到的。」

在柏林回海德堡歸途的空中，艙外是一大堆看不透的雲層，我腦中也是一大堆很難想得透的問題。

薩爾茨堡之冬

漫天雪舞中，火車馳進了奧地利海拔一千三百尺的薩爾茨堡（Salzburg），這個世界著名的莫札特之城。我倒不是去音樂之城朝聖的，只為了海德堡友人的一句話：「你喜歡海德堡，你就不可能不喜歡薩爾茨堡。」他（她）們都曉得我想去奧地利一遊，又知我特別鍾意小城，所以只提薩爾茨堡，未提維也納了。

一出車站，就覺得這個十五萬人的小城具有一種特有的氣質。跟海德堡不同，好像更亮麗些，更輕逸些。進入旅舍，就要了一張「行路圖」，櫃枱的女士說：「雪大，行路難，不如參加旅行團舒服些。」她推薦了一個五小時的，包括小城和鄉郊的小旅行團。從一些書中得悉，薩爾茨堡是城的名，也是州的名。來薩爾茨堡就不能只遊小城，不遊鄉郊，因為它的美是「文化美」與「自然美」的結合。文化之美的焦點在城，自然之美的精華在鄉郊。在歐洲，我從不參加旅行團，這次破例了。料不到的是，這個應有八人的小旅行團竟然除我之外，只有來自英國的夏爾埃普先生和他的妻子。我不禁替司機兼導遊的蓋赫特君暗暗叫苦，但卻也竊竊有一份喜悅，這不啻是三個人的專車了。

夏爾埃普先生是一位很典型的英國紳士，沉默和善，不大講話，偶爾會說一兩句幽默話逗他的妻子開心。他夫人是位莫札特的知音，有些憂悒感，但時而綻放清靈的笑容。一路上，她毫不吝嗇地給我講莫札特的故事，增加了我對薩城之遊的興致。莫札特於一七五六年出生於這個小城，但跟當時的大主教 Hieronymus Colloredo 不和，二十五歲就去了維也納。他去世時，不過三十五歲，卻留下許多天才橫溢的不朽樂章。儘管莫札特客死異鄉而無悔，他仍然以故鄉最是美不可奪的。他曾說過：「我看過無數佳勝之地，但比起薩爾茨堡天國似的自然之美，就微不足道了。幾乎每走一步，就可見到一個新景，另一個上帝的奇妙創造。」而今天，薩爾茨堡有着這位音樂奇才各種各樣的紀念物。他的出生之屋、他的少年憩遊之所，都已成為文物保護的重點。還有以他命名的廣場上的銅像，以他命名的博物館，以他命名的橋，以他命名的音樂學院（Mozarteum）。在莫札特音樂學院的花園中，還有從維也納搬回來的小木屋。據説這位「樂仙」最後的樂曲《魔笛》就是在那裏譜寫的。生前莫札特在故鄉悒悒不歡，而死後薩爾茨堡卻成了莫札特之鄉，至於那個大主教的名字則鮮為人所知了。的確，莫札特更給予了他美麗的故鄉一種音樂的清靈韻，一種魔術般的吸引力。是不是我開始感到的特有氣質，就是莫札特的仙氣？

當車子從「新城」過施戴德橋之際，展現在眼前的景色，我忍不住叫司機停車。那麼新鮮，卻又是似曾相識。是了，多麼像海德堡呵！巍巍然聳立在山巔的是一個巨大的古堡。古堡君臨下的是「古城」。古城與新城間又有一條像「尼加河」的「薩爾沙克河」（Salzach）。這小城的結構太像海德堡了。但再細看時，薩爾茨堡還是薩爾茨堡。這座巨大的古堡是灰白色的，不是粉紅色的；是完完整整的，不是殘缺的。這個叫做Hohensalzburg的古堡，初建於一〇七七年，六百年來，不斷擴充，到十六世紀才全部完成。古堡一直是薩城的守護神，它也是當今世上最巨型、保存得最完整的中古堡壘。雖已看慣了海城古堡的「殘缺之美」，仍驚覺到這個古堡的「完整之美」。

在古城裏，車子只在「聖彼得教堂」停了一回。這個薩城唯一羅馬式的教堂，也是阿爾卑斯山區最早的基督教堂，已有八百五十六年的歷史了。它的前身是「聖彼得寺院」，更早於六九六年就建立了。而令人更歡然有喜的還是教堂後面的墓園。在一片白雲披覆下，一座座的小墓碑，令人有羽化仙潔之感。有的上面還放了鮮花。在這墓園裏，我沒有想到死亡，只想到安息，不知怎的竟想起林黛玉的葬花。最有趣致的是依岩而築的一個個小小的拱形圓頂的祈禱窖。據說，在地下墓窖裏，莫札特的妹妹、大音樂家約翰·海頓的弟弟米雪·海頓都長眠於此。夏爾埃普夫人告訴我：《仙樂飄飄處處聞》（又譯《真、善、美》、《音樂之聲》）的電影中屈潑（Trapp）一家在逃亡時就躲在這墓園裏的。噢，對了，薩爾茨堡所以像海德堡一樣，每年有近二百萬的遊客，不完全是莫札特的魅力，說不定更是借光於這部在世界各地掀起賣座高潮的電影；海城也是因《學生王子》一劇而揚名四海的。這兩部電影使這兩個小城成為觀光客的「麥加」，但卻也造成了小城的災難。所幸，我是隆冬時節的訪客，整個小城的景色好似是專為我們幾個人佈設的。旅行遇到觀光的人潮，就是「摩登走難」了，我忘不了去年五月長城城頭萬頭蠕動的情景。

一出古城，就與大自然直接照面了。薩爾茨堡是三組高山環抱的小城。這三組山叫Unterberg、Hohn Goll、Tennengebirge，它們是阿爾卑斯山的「前山」，巍峨雄奇，有蒼龍飛天之勢。千年未化的雪嶺，閃閃生光。這景象不期然把我帶回到北美洛磯山脈去了。年前遊洛磯山，第一次見到萬山奔騰、千里雪封的景象，心旌為之搖撼，不能自已。想不到此次又得在薩爾茨堡鄉郊再次看到、再次呼吸到天地原始的靈氣。天之於我，不可謂不厚矣！

車子轉了幾個彎，停了下來。蓋赫特君陪我們踏着厚厚的雪地，他說要我們欣賞十六世紀的「艾尼菲水堡」(Anif)。不需五分鐘，水堡就呈現在眼前了。「艾尼菲」幽幽地矗立在一片水晶藍的冰湖上，它不是黃色的，也不是白色的，是那種恰恰與湖水襯配得毫無瑕疵的顏色。靜極了，美極了。偶爾聽到幾隻水鳥劃破冰湖的聲響。四個世紀的美原封未動地凍結在那裏。是哪一個建築家有這樣的靈心仙情？在車上，我仍然在問。

一路上，有看不盡的景致。我愛秋，秋讓萬物在凋謝前展露了潛有的本色，秋不能久駐，卻有最璀璨的時刻。冬的雪是美的，但它的白把萬物、美的醜的，都白化了，一律化了。妙的是，薩爾茨堡的冬雪，非但沒有掩蓋了景物的美色，反而用雪之白把自然與屋宇襯映得更冷雋出俗。十八世紀的 Leopoldskron 宮，在冷冷的冰雪中，他的洛可可式的樣貌，看來就很入眼了。就在宮宇後面的山巔上，可以見到薩城的古堡。不，此刻它像是懸在遠遠的天邊，在雪花上。

車越轉越高，雪越來越大，我們向 Salzkammergnt 的湖區開去，山上有孤單的、也有三五錯落色澤鮮麗的木屋，真難信這些是當地的農家。離城十里左右，車停了。我們到了著名的「佛西湖」(Fuschlsee)。難怪呢，《仙樂飄飄處處聞》要把她攝入鏡頭裏了。如此的境界，不聞仙樂，已感到仙氣郁郁了。湖邊最高的山岩上的「佛西宮」（Schloss Fuschl），昔日是大主教狩獵的行宮，今日已改裝為第一流的旅館。湖邊低處還有一「佛西村」，那裏有幾個旅舍，更有可以租住的一幢幢小屋。毫無疑問，在佛西宮喝杯咖啡，用些糕點，有無上的愜意。坐着的椅，壁上的畫，都足以生思古之幽情，而步入佛西宮低層的餐廳時，整個「佛西湖」就裝在一扇扇潔淨無塵的窗櫺上了。此行以來，已經有好多次的驚歎，面對這一窗山水依偎的湖光冬景，真有書咄空空之感，我的拙筆再無法描寫造化之玄美的萬一了。是的，我在北美洛磯山見到的「路易斯湖」，已經歎為天物，夢迴意繞，久留心際，而此景此情，只覺周身為自然的靈氣所環繞，凡思俗慮，盡皆拋卻。蓋赫特君顯然是樂山樂水之人，他沒有催我，讓我靜靜地坐對這一窗的「天上人間」。

「夏天這裏美極了，客人多，冬天我們是從不開放的，今年是第一次。」那個留一撇俾斯麥鬍子的侍者如此對我說。真幸運，碰上了「第一次」。是的，夏天、春天、秋天一定都不可能不美的，但這樣的冬景，還可能有更美的嗎？也許，也許只有神州北疆的天池了！我同意詩人鮑爾（Hermann Bahr）說的：「薩爾茨堡是永遠美麗的，你可以肯定，你當下見到的就是最佳絕的了。」

又去了幾個湖，不全記得她們的名字了，只記得一彎如月的「月湖」（Mondsee），更記得七里半長的「霍夫岡湖」（Wolfgangsee），海拔六千尺，湖邊的葛爾芹村（St. Gilgen）是莫札特母親誕生的地方。送給世界這樣一位樂壇的奇葩，做母親的也應該與山水同其不朽了。

薩爾茨堡鄉郊五小時之遊，沒有一絲倦意。當晚，我在古城的「皇宮演奏廳」（Palace Concert in the Residenz），也是莫札特生前演奏的地方，聽了兩個小時莫札特的樂曲。真要感謝夏爾埃普伉儷，是他們慫恿我去欣賞的。我對古典音樂的知識極其貧乏，但在這兩小時裏，我是感到十分享受的，除了耳在聽，我的眼睛也在欣賞四周和頂上的壁畫，很像我在慕尼黑古老的「屏愛柯逖博物院」（Alte Pinakothek）所見羅賓（Rubens）的手筆。羅賓畫的女士，胴體豐碩而有靈韻。這一夜，竟徹夜難以入眠，想是對日間之所見疑真疑幻，對太美的事物總是難以消受的。

翌日，我就用雙腳遊薩爾茨堡了。其實，整個「老城」是「汽車止行」的行人區，歐洲小城真懂得保存古趣，不是嗎？石濤的山川、倪雲林的煙霞中怎可以任汽車散放污氣？薩爾茨堡的「老城」沒有大道，只有小街和「迷你」巷。葛屈遜巷（Getveidegasse）又長又狹，長是長不過海城的「浩樸街」，但兩旁的街景卻與浩樸街大可競美。這裏的街道不像海城的那樣直，彎彎曲曲，即使是她的「四方廣場」也不是四方的。置身其間，如入迷陣。這個山城，古築新建多得不勝瀏覽。那個角落上是一個八世紀的寺院（Nonnberg Abby），這個角落上是一個二十世紀的劇院（Festspiehaus）；剛見到令人欣賞不已的「馬池」（Horse-pond），又面對有三十五個鐘的鐘樓（Glockanspiel）。千餘年的歷史文化都濃縮在幾里的方圓，特別叫我注意的是「大學廣場」，這所三百六十三年的古大學，雍容優雅，就叫人想起海德堡的「大學廣場」。不過，這裏沒有出過像韋伯這樣的學人。薩城的精氣似是讓莫札特的音樂吸去了。當然，薩城的大教堂是不能不看的。十六世紀時，大主教竇銳克（Wolf Dietrich）雄心萬丈，想蓋一座比羅馬「聖彼得」更大的教堂，但還未動工，他已經被史悌克斯（M. Sitticus）取而代之了。後者請了意大利的素拉雷（Solari）重新設計，規模小了很多，不過也花了十四年的光陰，到一六二八年才完工，這座文藝復興式與巴洛克式混合的大教堂是中古以來「神權」與「王權」的象徵。當時，政教是不分的。從這座教堂可以想見昔日薩城定是氣象不凡，但決沒有十九世紀世俗化、現代化之後的歡愉自由的氣氛！生活在今天的薩城人，比莫札特要快活多了。

在薩城哪一個「廣場」上，抬頭都可以望見巍巍然的古堡。走遍了古城，就想上山去一遊古堡了。天雪地凍，加之路斜多冰，薩城人就勸我坐纜車上去。

一登古堡，視野大開。眼下是薩爾沙克河一分為二的「老城」與「新城」（新城也有四百年歷史了），這景象與海城古堡所見的尼加河一分為二的「老城」與「新城」如出一轍。在海城殘缺古堡上看到的，是成百上千的片片粉紅色屋頂凝聚的「粉紅色的浪漫」，而這裏見到的則是白的、綠的、紅的，還有一種叫「帝王之黃」的黃色輻輳彙聚的彩色世界。屋宇的式樣也比海城多了。至於這個歐洲最大的中古古堡，它純是軍事性的建築，除了一個中世紀的陶瓷大火爐可賞外，就只有令人毛骨悚然的「受刑室」了，不像海城殘堡裏是一幢幢不同時代、不同格調的皇宮與庭園；論古堡之美還數海城。不過，站在薩城古堡的頂樓，向四周眺望，便是一波接一波的浮在天際的雪峰冰嶺。嬌小的薩城就躺在雄健的阿爾卑斯「前山」山脈的懷抱裏。在這兒，最原始的自然景觀與古老的文化建築奇妙地融合一體了。也在這時，我了解到為什麼洪堡（Alexander von Humboldt）要讚譽薩爾茨堡為「地球上三個最美的地方之一」了。洪堡是創立地理這門學科的學者，踏遍山川名城，是一位偉大的旅遊家。這位「德國的徐霞客」似乎未曾到過東方，他的品題許是誇大了，但他的鑒賞力是不能等閒視之的。

下了古堡，步行到依岩而築的暈克勒（Winkler）午餐。到頂樓的餐室是要搭「和尚的山梯」（Monk's Mountain Lift）上去的。暈克勒是著名的賭場，但我去的目的，是要在那裏品嘗薩城另一角度的美色和一種叫 Salzburger Nockerln 的蛋白牛奶酥。想不到夏爾埃普伉儷已先我而至，他們也是慕名而來的。

那個中午，太陽特別亮麗，一邊看薩城之景，一邊品嘗蛋白牛奶酥，恐怕金聖歎也不能不加上另一個「不亦快哉」了！真的，相信我，窗外的景色根本就是一幅佳絕的山水之城的大畫。古堡就在眼前，而山下薩爾茨堡新、舊二城在陽光和阿爾卑斯山雪光映照下繽紛生輝，這景色，與「聖山」「哲人路」上所見的海德堡，是兩種異樣的美，但卻是一樣的迷人。這裏橫跨薩爾沙克河的橋固然比不上尼加河上「古橋」的老趣雅健，但薩城四十幾個伸入蒼穹的教堂的塔尖，有哥特式的、羅馬式的、洛可可式的，就像一組鳴奏天樂的琴鍵！建築的音樂性，我總算深深體味到了。朝着夏爾埃普他們臨窗的方向，我舉杯。這對情意款款的夫婦顯然已為這美景所醉了！

漫天雪舞中來，又在漫天雪舞中去。離開這

充滿仙氣的山水之城時，不禁頻頻回首。在回海德堡的火車上，我又想起海城友人的話：「你喜歡海德堡，你就不可能不喜歡薩爾茨堡！」

1986年1月奧地利薩爾茨堡的城景

德國小城閒步閒思

我愛小城，特別是有大學的小城。德國多小城，很多是有大學的小城！就連西德的首都波恩也只是不到三十萬人的大學城！

德國的小城，氣氛好，趣味多，幾乎沒有例外地，都有博物館，都有書店，都有畫廊，都有生氣蓬勃的小街，都有隨時可以坐下來喝杯咖啡、飲杯酒的咖啡店和酒館，更叫人喜歡的是，都有中古的鐘聲，都有二十世紀八十年代的精神。在小城，撥幾個號碼，就可以與世界遠地的親友聊天，要去歐洲任何一個角落，踏上火車就是了。假如是有大學的小城，你就更不會有「邊陲感」或「遺落感」了，因為你就在時代的脈搏上。來海德堡三個月了，有寂寞的時刻，但沒有無聊的日子。在異鄉作異客，更會知道自己是哪裏來的，更會聽到自己內心的聲音。這個世界，太忙碌，太講「溝通」，太「他人取向」了，也許識得了一大堆的人，卻忘記了自己。的確，哲學家不是說，我們正是「個人結束」的時代的見證人！在小城閒步閒思，最能發現自己，大詩人席勒（Schiller）說：「小巷就是自由」，小城多的是小巷。

德國的小城，十幾萬人就算不小的了，它多的是不上萬的「迷你城」。德國工業化始於一八三五年，是個高度工業化的城市國，但在三個德國人中，有兩個就住在不到十萬人的小城裏。海德堡附近的藍得勃（Landerberg）就是頗為典型的。當秋剛來臨的十月初旬，在海城寒窗苦讀了十年的謝立銓和宋盛成兩位朋友，陪我去藍得勃。他們說，這是海大學生的「必修課」。我們是騎單車去的。自劍橋之後，已九年未碰單車了。騎單車，那份舒適是很難形容的。當一片泥土香的田野展現在眼前時，我憶起的是近三十年前台大讀書時去碧潭路上的青青野色。真感謝我的「離屋房東」顧忠華兄，是他與惠馨女士帶着孩子回台省親，我才得有尼加河畔三個房的闊氣的「家」。他們還留下了單車，讓我使用，他們夫婦不僅書讀得好，人也做得親切。

藍得勃已一千多年歷史了。建築不論是新的、舊的，都有濃厚的古趣，又雅致，又潔靜。

德國政府對古城的保護每年用的錢是驚人的。香港真可憐，地小人多，房子蓋得越來越離開人喜愛的泥土了。我們選了一家小酒館，就在被視為「德意志精神之源泉」的尼加河邊，窗外是一輪正在下沉的紅日。謝、宋兩位樸實勤學，在德國浸久了，畢竟不是虛度，不只對本行的教育、文學懂得深、懂得多，即使一般社會政治問題亦都有見解。一聊起來，就海闊天空，古今中外。從小酒館的主人是土耳其人，談到德國的「客工」（gastarbeiter）問題，談到德國的福利政策，談到德國的失業問題。德國現有二百五十萬人失業。在可見的將來，大學生很少有機會就業。德國經濟雖居歐洲之冠，排在世界的前列，但失業是經濟結構的問題。這個問題苦惱着德國人，有人甚至把它歸咎於「客工」，這就太情緒化了。有時我不免會想起希特勒崛起前六百萬人失業的可怕數字。

跟盛成、立銓聊天，總不可能不聊德國的文化，不能不聊到歌德。一聊起歌德，盛成就興致勃勃。由歌德的戀愛史就很自然地轉到德國的女性上去了。從尼加河畔「上空」的豪放女，談到

佛蘭堡街頭

她們的體態，又談到西方繪畫中的「人體畫」。一談到「女性美」，問題就複雜了。美是有文化性的，文化會變，女性美的觀點也會變。立銓有他一套看法，盛成是位「古典主義」者，他一口氣提出了希臘的審美哲學，提出了美的一般性觀念。他對西方，特別是德國的文學真搞到通透。「小巷就是自由」這句席勒的詩，就是他背給我聽的。談興仍濃，而紅日沉落已久，我們就移去一家樸素的餐館，一邊吃牛排，一邊繼續聊，當然少不了 Binding 牌的啤酒。周圍坐的，一眼就知是農人與工人，看他們喝得好開心，生活一定蠻愜意的。小城，即使沒有大學，文化的情調還是挺不壞的。高承恕兄全家從比利時來海城時，告訴我台灣有些小鎮很可愛，很有味道，但願寶島在現代化中還能保有一些傳統與鄉土的真趣。我知道費孝通先生在中國大陸鼓吹中小城鎮的發展。真的，要化解人口的壓力，這是一條應該走的路子。

那晚，回海德堡路上，田野寂寂，頭上是一輪清清的秋月，像故鄉的月！哪裏呢？忽然這樣的自問起來。是杜甫的鄜州之月？是台北淡水河之月？抑或是香港吐露港之月？童年以來，東奔西走，故鄉之情已經種落在好幾個地方了！

以海德堡做「基地」，不過一小時，最多不過兩小時的火車或汽車，就可以到一打以上像模像樣，甚至王氣凌然，有自己風格，有自己傳統的大型、中型、小型和「迷你型」（小小型）的城市。曼海姆（Mannheim）十二分鐘就到了，曼海姆算是中型的城市了，有三十幾萬人口，尼加河在此流入萊茵河。它是第一輛單車（一八一七年）、也是第一輛「奔馳」車（一八八五年）問世的地方。曼海姆大學的校舍是歐洲最大的「巴洛克式」建築，氣魄宏偉，原來它是帕拉丁大諸侯的宮宇。詩貝亞（Speyer）也距海城不遠，開車不需半小時。二千年前凱爾特族就在此聚居了。小得很，迷你型的，但不可小看，它在西方歷史上有極深的根源，原來它是「神聖羅馬帝國」的老城。那座沉沉入睡的、歐洲最大的「羅馬式」教堂是康拉德二世在一〇三〇年建造的，在這裏埋葬的就有九個德國帝王之多。這個王氣已收的「迷你城」，有好幾個博物館，其中「酒的博物館」最有意思。施韋青根（Schwetzingen）在海城西邊，只幾里路程，又是「迷你型」的小城，但又是不可小看的。它有一座會使你必然想起巴黎凡爾賽的宮宇大花園。這座宮宇大花園十四世紀就存在了，一度毀於宗教戰爭，又重建起來，到十八世紀大諸侯卡爾·提奧多（Carl Theoder）手中更擴大修建，真是好不風騷，走三小時，還未看盡。「中國橋」遠觀就可以了，「阿波羅廟」很悅目，「浴屋」可見這位諸侯真懂得享受。我喜歡那個玩看煙斗的牧羊之神的石雕，而一座叫

Galathee 的女像，體態優美，靈氣逼人，硬冰冰的大理石竟能雕出如許柔情！「世界末日」是一個小建築，使你看到一個通向世界盡頭的隧道，這就是著名的「幻影」。二三十個風景點，夠讓你欣賞大半天，而宮宇中的十八世紀的「洛可可戲院」則是遠近知名，年年不絕的「施韋青根音樂節」舉行的場所了。

海城北上，一小時火車，即抵法蘭克福。社會學中耳熟已久的法蘭克福學派就在歌德大學裏。法蘭克福是德國的大型城，本身六十萬人，加起周圍的衛星鎮，大約就上百萬了。去法蘭克福當然不只是參觀歌德的故居。法蘭克福早於一三七二年已是一自由的帝城，聖保羅教堂是一八四八年第一次國民會議的聖地。很久以來，法蘭克福已成為德國自由主義的象徵。大城可看的東西自然多，但我喜歡閒步閒思，太遠太熱鬧的地方興致就提不起來。德國大城中，要以慕尼黑最合我心意，因為它是大城的規模，卻有小城的優閒。而其博物館收藏繪畫之精富，看得叫人過癮。丟勒（Albrecht Dürerl 1471－1528）的自畫像的確是不凡，無怪乎德人視之為瑰寶了。不過，法蘭克福倒是著名的書城，十月間我見到的書展真算開了眼界，無愧世界之最。可憾在數以百千的書攤中，一時找不到大陸、台灣和香港的攤位，倒是看到了新加坡的攤位，給予我一份喜悅，雖然書少得很。

海城南下，在兩小時火車可到的小城中，巴登—巴登（Baden-Baden）無疑是很突出的。一般人都知道它是德國的賭城。的確，在凱屋（Kurhaus）右翼的賭館，金碧輝煌，令人目眩，「綠沙龍」、「紅沙龍」和「白沙龍」分別展顯了路易十三、十四及十六時代的建築風貌，想不到賭徒還那麼有心情顧到藝術。是的，俄國大文豪陀思妥耶夫斯基窮是窮，卻在這裏賭過一手的。據說，在賭博之後，他的文思就如泉湧了。不能否認，十八世紀的希臘科林多柱式的「凱屋」是一座精美雅致的白屋，不太像「白宮」，但品味真還不低！而屋前綠茵一片的大廣場，就使它在優雅中更帶有幾分氣勢了。凱屋旁邊的「傾客廳」（Trinkhalle）是一座巨大的羅馬式的建築，廳前配上十六根科林多式的巨柱，氣勢還在凱屋之上。在凱屋右翼的咖啡座飲一杯當地「白酒之王」的

Riesling，似乎仍能聞到鄰近葡萄園的芳香。

巴登—巴登只有五萬人口，規格卻真不小。它不只以賭著名，也以溫泉名世。三世紀時羅馬人已在此建浴池了，今天依然可以見到它的遺跡。十八世紀時，這個小城成為歐洲達官貴人夏季難乎不來的勝地。俾斯麥的老拍檔，威廉一世大帝，是巴登—巴登四十年之久的常客。在這裏，你不難想像這個小城不平凡的身世。小城街頭甚古雅，當你閒步在奧格斯脱廣場，就不只可看到世界唯一靠賭館捐資建造的基督教「市鎮教堂」，還可欣賞到那份優雅從容的市景，一條「沃斯河」（Oos）輕輕流過市區，把賭城的俗氣都清洗掉了。巴登—巴登的人口雖屬「迷你」型，但周圍卻有一萬七千畝森林，是德國城市森林中最大的，而離市中心不遠就是一個個鄉土清香的酒村了。

當然，距海德堡二小時車距的城鎮還有許多許多，我到過的很少。有些極有歷史文化價值的小城，像 Worms，像 Mainz，我都無時間去了，如果再加半小時左右，從 Mainz 到 Koblenz，更有萊茵河兩岸一個接一個的小城，都是一天可以走完頭尾的城市。德國的小城真多，西德二千萬人集中在大型的，如柏林、漢堡、慕尼黑、科隆、法蘭克福，中型的如杜塞爾多夫、斯圖加特、漢諾威這些城市裏，另外四千萬人就分佈在十幾萬人的小城或幾萬人甚至不上萬的「迷你」城了。令人驚異的是，有的小城，甚至迷你城，都有巨大的教堂，甚至有可觀的博物館，特別是十分活躍的現代的文化生活，由德國「橫」的空間的特色，使我對它的「縱」的時間的變遞產生了濃厚的興趣。

德國沒有「分久必合，合久必分」的説法。假如説德國歷史有一個特性的話，那就是，分是「常」，合是「變」；或者説，合是虛表，分是實質。德國一直具有強烈的分立和多元的性格。十世紀的奧托（Otto）大帝的「德意志神聖羅馬帝國」，聽起來神聖不可侵犯，其實，內部鬆弛得很，至少在十三世紀中葉之後，帝國就出現疆域分裂的徵象，個別的城市享有很大的自治權，十七世紀的宗教改革，更使帝國的政治分裂加上了宗教的分解。一六四八年，宗教戰爭結束，簽訂的威斯特伐利亞和平條約，把帝國正式分為三百五十個「國家」，帝國有名無實，真可說列國並峙，一天星斗。政治弱了，但文化則出現百花齊放的盛況，大有我們春秋戰國百家爭鳴、千岩競秀的景觀。十二月聖誕節後，海德堡大學的地理學系的佛雷克（W. Fricke）教授邀我去他家午餐，吃了一頓地地道道的德國大餐，飯後他給我看他珍藏的一本一六四八年德國的政治地理圖，密密麻麻的小國，沒有放大鏡真還看不清呢！十七世紀中葉，普魯士崛起，與奧地利平分「天下」，實際上仍是小國林立、各自為政的局面。拿破崙一八〇三年的「干涉」，才使小國世界結束，繼之而起的是中型國家的冒升，而帝國結構就更虛有其表了。一八〇六年，南方日耳曼國家宣稱獨立，神聖羅馬帝國即因弗蘭茨二世之遜位而壽終正寢。歌德是從報紙上看到這則消息的，不過，對於他，僕人車夫間的爭吵比帝國的崩解還更引起他的注意。「德國？在哪裏？我找不到這樣一個『國家』」，歌德同時代的席勒就這樣寫着。誠然，在維也納會議時，梅特涅就說，德國只是「一個抽象的概念」。帝國實在是一個玩笑。艾倫特（E. M. Arndt）作了一首歌，流行一時：「德人的祖國是什麼？是普魯士嗎？是士瓦本（Swabia）嗎？還是沿着萊茵葡萄成熟的地方？」

日耳曼民族長久以來都是分為一個個大的、中的、小的「國家」的。一七八九年法國大革命時，神聖羅馬帝國的名下竟有一千七百八十九個大大小小的政治和行政單元。信歟不信歟？就算在一八一五年維也納會議時，出現的「日耳曼國聯」也有三十九個國家之多，而邦聯還是個空殼子，權力還是在大大小小的「城市」手中。所以，德國在十九世紀中葉以前，基本上是列國並存、小國寡民的格局。這要到一八七一年，鐵血宰相俾斯麥手中才建立了有名有實的「第二帝國」，這才出現了「合」，但這個「合」在整個日耳曼歷史上不是「常」，而是「變」。第二帝國不到三十七年就在第一次世界大戰中崩解了。戰後，魏瑪德國是個民主聯邦國，但由於戰債、世界經濟的蕭條、失業、通貨膨脹，紛至沓來，遂造成了希特勒一九三三年的崛起。魏瑪時代政治上固然弱不禁風，不過文化上卻也是風華一時。無論藝術、音樂、科學、哲學，都燦爛生輝。

希特勒這個獨夫，一心一意要創造比俾斯麥更大的帝國，要為德國創造一個新的「大合」，但他這個「大合」，恰恰是德國歷史上最反常的「大變」。為了要完成「大合」的事案，便不能不用宣傳機器把自己吹脹、吹大，甚至神化，這是納粹的「造神」運動，結果是造成了世界浩劫，把德人也推進骨嶽血淵。

德人當中，喜歡小國的不少，文學巨靈歌德就是一位。他對大政治沒有信念。他自己曾做過小國的大臣，做得頭頭是道，可說是風調雨順，國泰民安。以歌德這樣槃槃大才的人，對大政治都無信念，那些 IQ 遠低過他，如希特勒之流，偏喜歡搞大政治，不叫人擔心可乎？許多德國一流人物，像洪堡（W. Humboldt），像斯坦因（Stein），像馬雷彪（Mirabeau），都不以為一個中央集權的德國是好事，海涅與尼采更厭惡膨脹的日耳曼民族主義，他們所追求的是自由，要做的是一個「好歐洲人」。

德國在二十世紀，發了兩次帝國夢，亡了兩次國。今天，德人的觀念是變了。西德的民主聯邦制走對了路。對德國而言，「民主」是較新的，卻是一條大路；「聯邦」則是古老的傳統，而今天的聯邦中不但沒有了普魯士，而且沒有一個大首都，沒有一個大中心。它再沒有巴黎或倫敦一樣的「超級大城」(以前有柏林)，不過，德國卻到處有中心。就文化來說，最大的圖書館在法蘭克福，最盛的印刷業在漢堡，最多劇院的是慕尼黑，最多博物館的是西柏林，最全的國家檔案在科布倫茨，最豐富的文學資料在尼加河上的小城瑪白。科學的中心不是一個，而是分散在杜塞爾多夫、哥廷根、海德堡、曼茲各地。在德國，很難說哪裏是文化的「中心」，哪裏是文化的「邊陲」。文化的聲光，處處可見，創造發明，可以來自各個地方。德意志聯邦的教育文化權分屬各邦，不是聯邦政府專有的。德國不是一個大中心，光芒四射，而是許多中心，交光輝映；大城固然璀璨輝煌，小城一樣幽幽生光。試想想，西德現有一萬五千個公共圖書館，有一千五百個博物館。它們是聯邦的、邦的、市的、鎮的、教會的，這些博物館、圖書館不少是過去的古堡、皇宮和教堂，真可說是「古為今用」。而許多小城之所以那麼有規模，那麼有氣勢，主要是它們都源於神聖羅馬帝國，特別是中古以來的政治文化，許多原來就是「城市國」，這些小城都有一套自己的「地方歷史」、「地方智慧」，這也就無怪乎它們有文化的厚度和活力，既古典，又有現代感。歷史傳統在現代化過程中的作用，再明顯不過了。講到這裏，我對韋伯所強調西方城市之有「自主性」、「城市自由」等概念，就有「豁然開朗」的感覺。

德國天空不像法國，沒有一個像巴黎的大太陽，而是滿天星星。

德國小城中，我最鍾意的是四個大學城：海德堡、弗萊堡、哥廷根（Göttingen）和圖賓根（Tübingen）。這四個小城都有古老的、世界聞名的大學，在大學城中，國際情調特別濃。西德有一百零四萬大學生，其中六萬是外國來的。著名大學的外國留學生之比例就較高。沒有例外地，在大學小城裏，文化氣息也一定特別濃，酒館、咖啡店固然多，餐館也多種多樣，而書舖、藝廊、劇院更少不了。德人講究生活情趣，最喜愛講 Stimmung（心情、心境）和 Gemütlichkeit（舒適、愜意），這在大學小城中就表現得淋漓盡致了。

在四個大學城中，海德堡是最古老的，大學已經六百歲了。九年前第一次來海城時已經為她古典浪漫所吸引，今次在飄下第一片落葉的新秋時分重臨，越發對這個只有十三萬人口的小城情有所鍾，而居德期間在各地旅行的時候，海城更成為我的異鄉之「家」了。黑森林之都的弗萊堡，是現代感較多的古大學城，不只是它教堂的尖塔美得不可方物，閒步在它傳統與現代渾然融合的街道，也令人歡然有喜，樂而不疲。哥廷根大學城聞名已久，在我十一月下旬北德之行中，在漢諾威（Hanover）遇到方漢華和她的夫婿杜勒・克勞士教授（Dohler Klaus），克勞士的博士學位就是哥廷根大學的。他說在哥大得到博士，都會在「市墟廣場」噴泉的「挽鵝少女」銅像的臉上吻上一吻。到了哥廷根，最先找到的便是這個世界上被吻得最多的少女。看來她是一臉永恆的稚氣，不知她站在那裏已多久了？！哥廷根也只有十餘萬人，城亦不大，半天就閒閒地走遍了，好多文藝復興早期的建築，古意盎然，令人駐足難前。哥廷根大學是一七三四年創辦的，是「啟蒙時代」

的標準產物。威廉廣場（Wilhelms Platz）的 Aula（大堂），肅穆莊嚴中，不失清麗。哥廷根大學在自然科學上的成就，卓然有聲，先後有二十九位諾貝爾獎得主，或在此讀過書，或在此執過教鞭。過去，它更是數學世界中的「麥加」。許多石像刻的都是這些科學界的名士。德國自然科學在二次大戰前，領袖全球，但現在科學的聲華就轉到新大陸去了。德國之失去科學的領導地位，跟希特勒這個狂人不能分開，他把許多一流的人才，不只是科學家，統統逼走了。當然，世運的移轉，原因複雜，不說德國，整個歐洲都早已從高峰下落了。

四個美麗的大學城中，圖賓根最小，應列為「迷你型」，人口僅七萬，但它也是昔日的帝國城市。在高高低低的山坡道上，隨處可見到十五、十六世紀精美的老建築，圖賓根以大學聞名於世，而此圖賓根城與圖賓根大學可說是一而二，二而一。圖賓根一位學者說：「圖賓根沒有大學，圖賓根就是大學。」七萬人中二萬以上是教職員和學生。詩人荷爾德林（Hölderlin）就出於此，鼎鼎大名的哲學家黑格爾，還有謝林（Schelling）

都在此讀過書。有人把黑格爾在思想史上的地位比之拿破崙在政治史上的地位，影響既深且遠。此君太有成見，像康有為，六十歲的黑格爾還是贊成三十歲的黑格爾。不像梁啟超，太無成見，不惜以今日之我與昨日之我作戰。德國是出產 isms（主義）最多的國家，如 Protestantism（新教教義）、Socialism（社會主義）、Nazism（納粹主義），都是德國土產。黑格爾就出產 Hegalism（黑格爾主義），他講唯心，歌頌國家，一轉手，被希特勒利用，做了右翼極權主義的思想武器。馬克思把它顛倒過來，卻又出產了 Marxism，一轉手，又被斯大林利用，用做左翼極權主義的思想符咒。先有集中營，後有 Gulag（古拉格）。太夠了，人類已受夠了。實際上，黑格爾主義、馬克思主義都是這種那種的「歐洲中心」的。

在圖賓根，最使人戀眷難忘的還是尼加河兩岸的風光，真美得精緻，在一片軟綿綿的白雪下，尼加河在這裏完全「柔化」了。於垂柳的河邊，會想起柳永的詞，更會想起劍橋的劍河風情。四個大學城，圖賓根恐怕是最秀氣、最幽麗、最遺世獨立的。站在尼加河邊，凝視一幢幢、一排排如詩如畫的屋宇，不能不聯想到位於尼加河北端的海德堡。尼加河真幸運，它流過了兩個意境脫俗的大學山城。

德國的小城，鐘聲特別悠揚。我常常會憶起劍橋大學聖約翰書院的鐘聲，華茲華斯說：「那鐘聲，一聲是男的，一聲是女的。」每次想到這裏就不禁莞然而笑，真不能不佩服詩人的耳朵呢！閒步在德國的大學城，總不知不覺會懷念海德堡的姊妹城劍橋。劍橋是不折不扣迷人的「迷你型」的大學城！

1986年在德國吐賓根古堡上所見

附錄

說《劍橋》與《海德堡》「語絲」的知音

《劍橋語絲》與《海德堡語絲》這二本散文集，在港台和內地已先後有六個版本。二〇一一年，中華書局於籌備百年慶生之年，為我出版了近作《敦煌語絲》，現在又要為《劍橋》與《海德堡》二本語絲出中華版，編輯焦雅君女士再三囑我多寫點有關這二本問世已多年的「語絲」。

《劍橋語絲》出版於一九七七年，《海德堡語絲》出版於一九八六年，前者距今已三十五年，後者也已二十六年了。多年來，這二本語絲在港台、內地，一印再印，它們沒有為我帶來財富，但卻讓我得到許多書的知音。說到書的知音，自然想起了高上秦和駱學良二位朋友，那時他二位分別主持台灣二大報（《中國時報》與《聯合報》）廣受讀者歡迎的「副刊」，高、駱二位編輯看到我第一篇劍橋文字後，顯然十分喜愛，二人在第一時間以同等的熱情向我邀稿，並表示今後將無限期免費贈閱航寄報紙到我海外的居所（當年台灣二大報常有這樣的大手筆！）我對二報不分彼此，所以，幾乎每次我是寫好了二篇文章後，同時分寄給上秦和學良二位副刊主編的，十幾篇的劍橋所見、所思的文字就是這樣與《中國時報》與《聯合報》的讀者見面的。很沒想到的是許多熱情的讀者中有一位竟是我的業師王雲五先生。

雲五師當時已從政府退休，重返出版界，主持台灣商務印書館，自任總編輯（六十年代，我曾有幸被他委以副總編輯之職）。工作至為繁重，他竟有閒趣看我所寫劍橋一篇又一篇的小文，並不止一次寫信到劍大 Clare Hall 書院我的居處（我全家均懷念那幢有方庭的北歐式木建築），對我的劍橋諸文，讚許有加。年逾八十的雲老還以老編輯的口吻，表示要我將劍橋文字集稿交由台灣商務出版。一九七七年，商務的《岫廬文庫》（岫廬是雲五師之大號）的第一冊就是《劍橋語絲》。這也是《劍橋語絲》首次問世。

《劍橋語絲》問世後，她受到台灣讀書界歡迎的情形，是令人欣悅的。不少報章雜誌報道了此書，還有對我作專訪的，至今我仍有桂文亞在《聯合報》寫的《星語劍橋》的訪問記。的確，許多表示對劍橋一書喜愛的識與不太識的友朋中，我特別不能忘記的是美學家朱光潛先生。一九八三年光潛先生由女兒陪同從北大來香港中文大學新亞書院講學。他是那一年「錢賓四先生學術文化講座」的講者，他講的是維柯（G. Vico）的「新科學」。當時，我是新亞院長，光潛先生是我久所敬仰的前輩學人，我們有過幾次的晤談。他送我一套他的《美學文集》，我也回贈了我的幾本書，其中一本是《劍橋語絲》。這位八十多歲的美學老人很快就看了這本小書。見面時，他一再表示他非常喜歡，他還說他要帶回北京，在內地出版，並徵求我的同意。我說我很樂意，但因有版權關係，我無權答應。為此，光潛先生就向我要了十本《劍橋語絲》，說是要送人，要人知道劍橋之為一偉大古老學府是什麼樣子的。朱光潛先生北返後，從北大燕南園寄來一幅書法給我，寫的是馮正中的《蝶戀花》，是一九四八年寫的，斯時先生應該很健盛，筆墨清秀遒勁，透出一股幽雅的書卷氣，新加上去我的名字的上款則字跡顫抖而蒼老，有識盡人間滋味的秋涼。這幅字現掛在我駿景園的書房，而今字在人亡，但我總忘不了在新亞書院的「會友樓」與這位美學老人談《劍橋語絲》的情景。二十九年前光潛先生希望此書在大陸出版，當時未能成事。一九九五年《劍橋語絲》首度在大陸問世，今天又在中華書局出版，美學老人地下有知，一定還是樂意見到的。

十分有意思的是，二〇〇八年，北京大學出版社出版的《中國大學生讀本》中，收入了《劍橋語絲》中〈霧裏的劍橋〉一文，我相信該書的主編夏中民先生希望通過這篇文字使大學生能認識和欣賞劍橋這個學府的精神氣質，拓展大學生的「詩意空間」吧！正因為七百年劍橋的霧樣的歷史，不止使我要探尋劍大的生成發展的歷史和既有古典又有現代的校園文化，更引起了我對「大學之為大學」的思考，因此觸發了我以後撰寫《大學之理念》的動念。《大學之理念》一書自一九八五年在台北問世以來，港台、內地已各有版本面世，我也曾在三地多次作有關大學與中國現代化的演講，積累了不少文稿，事實上，我已有意出版《大學之理念》的「續篇」了。説起來，如果沒有《劍橋語絲》，可能也不會有《大學之理念》。

書一旦出版之後，便有它自己的命運。在一九八六年之前，《劍橋語絲》是我著作中唯一的散文集，一九八六年《海德堡語絲》在台灣的《聯合報》與香港的香江出版社同步出版後，這二本散文集便成為一對姊妹篇了。最早把二書以姊妹篇姿態一齊出版的是香江出版社，納入到黃維樑主編的《沙田文叢》。二〇〇〇年，牛津大學出版社中文部總編輯林道群很用心地把二本語絲出了漂亮的精裝本。自此，這對姊妹篇便沒有分開過了。道群兄是香港中文大學的文學碩士，有學養，也有識見，是一流的編輯高才。他為了出版這二本語絲，還以「斯浩」的筆名，對我作了一次對談式的訪問，寫了〈從劍橋到中大，從文學到社會學〉的文章。

《海德堡語絲》之得以問世，全然要感謝散文家董橋的催生。一九八五年，我得德國 DAD 基金會之資助，並應以韋伯學名世的施洛克德（W. Schluchter）教授之邀聘到海德堡大學做訪問教授，海德堡是韋伯的故居之地，海大是韋伯學之重鎮，而海城山水之美，文物之華，一住下來，歡然有喜，便動筆寫了篇感興小文寄給當時主持《明報月刊》的董橋。董橋兄對散文是眼高，手高，他顯然偏愛我的小品文字，第一篇甫刊出，董橋兄的限時快函就來了，勸我「多寫、多寫」。在董橋兄文情並茂的專函的催促下，我就將一篇又一篇的語絲寄給這位愛文又善於文的《明月》主編手上，《海德堡語絲》這個文集是在這樣的文字因緣中誕生的。董橋兄對語絲的文體，青眼獨具，稱之為「金體文」，寫了一篇〈「語絲」的語絲〉的美文，語絲得知音如董橋者，可無憾矣。

《劍橋語絲》與《海德堡語絲》問世後在港台、內地，我直接、間接地看到好幾篇評介的文章。記憶中，最早看到的是文船山在《中國時報週刊》發表的一篇整大版的長文，他顯然十分高看《劍橋語絲》，認為我的劍橋小文「寫得有詩意，又有歷史感，有文學神韻」，文船山對「語絲」的讚譽，無復有加，不啻在說，《劍橋語絲》已寫盡劍橋之為劍橋了，我讀了文船山的推介，不禁莞然有樂。後來才知道文船山是黃載生的筆名，載生曾是我指導的中大社會學碩士生，他來港前是大陸的文學學士，出過幾本書，文才了得，他是在美著名社會學家楊慶堃教授推薦給中大的，入社會學系後，他跟我做研究，我們曾聯名在劍橋大學的 *Modern Asian Studies* 等刊物發表論文。畢業後，他去了美國，由於他數學特好，轉了行，最後在 IBM 任職，但他一直沒有放棄他的最愛 —— 文學。意想不到，載生在八十年代末就離開了這個世界，英年早逝，我每想起他就覺感傷。

文船山評介《劍橋語絲》一文外，梁錫華的〈金耀基：《海德堡語絲》〉無疑是一篇非常認真、有高水平的書評，梁錫華先生是比較文學的教授，是研究徐志摩的專家，是學院派的，但散文寫得文采風流，無絲毫拘泥。他對我的「語絲」，有些批評，不無見地，但他肯定也是一個喜歡「金體文」的人。梁錫華說：「金體文，可誦。」難得他會這樣讚：「有文士德性、哲人頭腦，且有行政高才的社會學家……『金體文』往往給讀者以啟迪，又豈只松風明月，石上清泉而已。」最令我暗暗稱「是」的是他看到了《海德堡語絲》筆墨用的最多的是寫秋和我的「秋思」。

他說：「作者愛秋愛得濃而不膩，深而晶瑩透剔，所以筆觸所及，秋，以及與秋有關的一切，往往既蘊藉又空靈。」錫華說我筆下的秋，「和湯普遜（James Thomson　1700－1748）筆下寫秋的名篇（The seasons）內若干詩句，竟是隔代輝映，情調相類」。最後，他說：「處身在宏麗的文學殿堂，金氏書的金光，無疑會長期閃亮於遊記文學的一角，即使歲月無情，相信也難把它沖刷掩藏」，我在這裏引了梁錫華教授讚捧「金體文」的話，恐不免有戲台裏喝彩之嫌，但我確實認為梁錫華是讀透我《語絲》難得的知音。寫到這裏，我不禁有些秋的惘然。錫華兄多年前已回去楓葉之邦的加拿大，生死茫茫，音訊早斷。

《劍橋語絲》與《海德堡語絲》是姊妹篇。在我眼中，是不分軒輊的，梁錫華似乎喜歡《海德堡語絲》多一些，牛津大學出版社的林道群兄告訴我，上海文藝出版社收入到《中國留學生文學大系》中的也是《海德堡語絲》，不是《劍橋語絲》。我有些納悶，他們是怎樣區別這對姊妹篇的？我比較感到舒服的是何寶民、耿相新主編的七十卷的《世界華人學者散文大系》他們所選的文字是來自二本「語絲」的。我孤陋寡聞，以「學者散文」為名的文學大系還似乎是首次，雖然「學者散文」這個說法行之有年矣。不過，我仍然弄不清楚是如何界定「學者散文」的？

二本「語絲」的命運真不壞，一路走來，一直受到讀書界、出版界的厚愛，《劍橋語絲》出版迄今已三十五年了，《海德堡語絲》也已逾四分之一世紀了，第一代的讀者和書的知音，不少已經作古，看來這二本語絲的知音不絕，讀者也更多的是新一代的了！最近香港中華書局為紀念百年建局，出版一套由黃子平主編的「香港散文典藏」(繁體字)，承中華書局主事人的青睞，典藏散文中有一冊「金耀基集」書名《是那片古趣的聯想》，所收的文字選自二本「語絲」及近年所寫的《敦煌語絲》。就在我為《是那片古趣的聯想》選文時，我又結識了一位「語絲」的知音。月前，我接到北京外國語大學的博士生導師李雪濤教授的信。信中說今年是中奧、中德建交四十周年，外國語大學準備出版一本《音樂和藝術的國度 —— 中國人眼中的奧地利》的德文書，以為紀念並示祝慶，李教授希望我同意將《海德堡語絲》中〈薩爾茨堡之冬〉一文譯成德文，收入《音樂和藝術的國度》一書中，我當然是欣然同意的。李雪濤教授是德國波恩大學博士，通過他的譯文，《語絲》將會有説德語的讀者了，這是我當年寫「語絲」時不曾想到的，我感到高興。

為了志念《劍橋》、《海德堡》二本「語絲」中華版之問世，應焦雅君之雅意寫了四千字的「語絲知音篇」。「語絲」得知音，誠是「語絲」之福。惟歲月如馳，「語絲」作者之我，不知老之「已」至，去日苦多，來日苦少矣。然書之於世，有自己之生命，「語絲」而今不過而立之年，其來日之知音，將不復我盡得聞知了。

金耀基

二〇一二年九月二十二日

從劍橋到中大，從文學到社會學

—— 談文學和大學教育*

訪談者：林道群

林： 金教授，最近看到你重印了《劍橋語絲》、《海德堡語絲》和《大學之理念》三本書，令像我們這樣的老讀者，想到了很多，有些是關於時下的，有些則是關於過去的，為什麼選擇在這第三個千禧年的第一個龍年，重版這三本書呢？

金： 沒有什麼特別原因，不過碰上第三個千禧年的第一個龍年，覺得有點意思。千禧年這個符號是西方的，現在變成為了全球的，龍年則是中國的、東方的，或者說是本地的。作為一個現代的中國人，這些符號都已構成存在的意義的一部分。

至於這三本書的重印，則是因為《劍橋語絲》與《海德堡語絲》的香港版早已斷市，不時還

---

* 本訪問成於二〇〇〇千禧年。

有識與不識的人問起。《大學之理念》原在台灣出版，香港的讀者不易找到，所以我趁機對原書做了些增刪，以新版在香港問世。當然，書之重印至少要通得過出版人和作者本人兩關。牛津大學出版社願意為此三書重印，那是通過了牛津大學出版社編審的眼光與判斷的一關。就我個人這一關而言，我出過好幾本書，有的已斷市，但我不會重印，這三本書似乎與時間關係不大，還是有人看，還是值得再問世，《大學之理念》更是一個新版，增加了新的內容。

林：在你的著作中，好像唯有兩本「語絲」是屬於文學的，很多人也非常喜歡這兩本「語絲」，《海德堡語絲》還被上海文藝出版社收入《中國留學生文學大系》中，但此後也未見你再寫了（到了二〇〇八年，金教授終於寫成「語絲」的三妹《敦煌語絲》）。這兩本「語絲」是怎樣寫出來的？

金：寫《劍橋語絲》和《海德堡語絲》，如我說過的，那是一種因緣。如果不是一九七五年去了劍橋，就不會有《劍橋語絲》這十多篇散文；

如果不是因為有《劍橋語絲》在先，不是因為一九八五年在海德堡住了半年，也不會有《海德堡語絲》。

簡單地說，我之動手寫劍橋，就因為它美，之所以會一篇一篇地寫下去，是因為它的美是有內涵的，是一種涵有歷史、文化的深層之美。我寫一篇篇的劍橋，是一篇篇的「獨白」，但也是一篇篇與劍橋的對話。一九八五年，我也寫《海德堡語絲》十多篇散文，也是同一心理、同一心境。

林：良辰美景，因緣際會，然而寫的時候主要想的是什麼？比如說一開始落筆，有沒有想過一系列下來要怎樣寫，寫成怎麼樣的文章？

金：當時寫《劍橋語絲》時，並不是一開始就想過一系列地寫，也沒有過出書的念頭，但一開始落筆後，覺得很難停筆，覺得不多寫寫，不好好寫，頗有負劍橋，或者頗有負我的劍橋之行。誠然，當時有不少讀者包括我的父親，催促我一篇篇寫下去，其中台灣的《中國時報》與《聯合報》編者的雅意與盛情更是我一篇甫完，又再構思另一篇的原故。最想不到的是，最早對我提出一篇篇散文結集出版的是我的老師，也是中國的大出版家王雲五先生。王雲五師太喜歡這本書，他還指定列在台灣商務印書館當時正在策劃的《岫廬文庫》的第一本。《劍橋語絲》的問世，實是一連串的因緣。

林：你寫的《劍橋語絲》有你自己的風格，董橋曾稱你的兩本「語絲」是「金體文」，你能否說說你的《劍橋語絲》是怎樣的一本書呢？

金：董橋是散文的奇才，眼高，手也高，他對我的兩本「語絲」有特別的偏愛。說真的，《海德堡語絲》的一篇篇散文，所以能在《明報月刊》一期期刊出，就是被當時他這位《明報月刊》總編輯的高情盛意所逼出來的。純粹講「文章」，《海德堡語絲》恐怕更多一點「金體文」的味道，問我《劍橋語絲》是怎樣的一本書，這一點我曾說過：

這些語絲，有的是感情上露泄，也許沒有徐志摩那種濃郁醉意；有的是歷史的探尋，但我無意於嚴謹的歷史考證；有的是社會學的分析，卻又不是理性的社會學的解剖；還有的則是「詩」的衝動與聯想（我不會吟詩，但在劍橋時，我確有濟慈在湖區時的那份「我要學詩」的衝動）。我真的很想勾勒、捕捉有形的劍橋之外的劍橋，那是霧的劍橋、古典的劍橋、歷史的（發展的）劍橋！劍橋已經亭峙嶽立地存在七百多年了。在我之前，不知有多少人曾以彩筆麗藻寫過她，在我之後，必然還會有無數人繼續去寫她。劍橋是一「客觀」的存在，但每個人筆下的劍橋都是他們自己的。

現在看來，《劍橋語絲》裏面想寫的東西是很多的。當然，怎麼寫，如何寫是重要的，但寫什麼，表達了什麼一樣重要，或者更重要，這就是以前中國人所說的文與質。我以前說《劍橋語絲》「沒有微言大義」，事實上，也不能說完全沒有，這在《海德堡語絲》就更明顯了。

林：你說寫《劍橋語絲》與一般的遊記也不太一樣，

怎麼說呢？

金：梁錫華博士曾有一篇學術論文，評論香港的遊記文學，其中用了很多篇幅討論我的兩本「語絲」，特別是《海德堡語絲》，他對「語絲」有很細緻深入的分析，顯然他很看重。梁錫華博士是把我的「語絲」歸為遊記文學的一類，不過，他又認為我的「語絲」不太像遊記。

我自己並不在意這兩本「語絲」是否屬遊記文學。誠然，我所寫的確是在捕捉我所「晤對」的景與物，但我落墨最多的是我之所思、我之所感。所思所感都表現在聯想與想像上。這就變成我很「個人的」、「私己的」世界。純以看遊記的心情來看「語絲」就不一定對味了。

不過，我覺得不管是什麼類型的文學，聯想和想像是創作裏面主要的成分。沒有想像，沒有聯想，談不上創作的，創作不是憑空造出來。

林：陸機《文賦》所說「觀古今於須臾，撫古今於一瞬」……

金：寫作時，聯想與想像的空間真的太大了，上下古今，東方西方都會交結串聯。古人有言，因為花，想到美人；因為酒，想到俠士。聯想是符號的交光互影。人與動物不一樣，動物只識得信號，人則活在符號世界中。語言是符號，文字是符號，儀式是符號，藝術是符號。怎麼把符號想像性地建構起來，這就不是寫學術論文了。那是我們說的文學世界了。

林：在《大學之理念》裏，你引紐曼（John Newman）的話說：「大學不是詩人的生地」，接着又說，但如果大學不能激起年輕人的詩心迴蕩，大學是談不上有感染力的。劍橋、海德堡這樣的大學的外在環境是怎樣引起你心底裏「詩的衝動和聯想」？

金：紐曼是就大學之功能而言的。至於像劍橋、海德堡這樣的大學城，不止美麗，而且有歷史與文化的厚度，有千百樣的符號觸動你的心靈。當然，這對每個人都是個人的晤對。所以說，千隻眼睛有五百種的看法，如果個人心裏沒有歷史的話，歷史並不存在。心裏沒有文學世界，你看到的是不會有文學性的。當年到杭州，走在蘇堤白堤上，我說，漫步蘇堤白堤之上，像是踏在一首首千古傳誦的詩篇之上。白居易的詩，蘇東坡的詩早已成為蘇堤白堤的構成部分了。蘇堤白堤不只是蘇堤白堤，它們是中國文學的符號。所以當你心中有蘇東坡，有白居易，那麼同樣走在蘇堤白堤上，但實際上你走的和別人走的，其實是不一樣的了。你每走一步有你自己獨有的聯想和想像。有時候，讀者朋友遊罷劍橋歸來說，金先生，劍橋沒你寫的那麼好嘛。我說，那我可沒有辦法呀，那是每個人如何會意的了。比如沒有徐志摩，我與劍河一打照面未必就會有那麼多的聯想。從這一點來說，我看到的劍橋的確可說是來自歷史，而不是唯美。

林：我希望你就聯想這個概念再多說幾句。

金：比如說《劍橋語絲》的十多篇文章中，談到中國的好像並不多，但聯想常是一種跨地域的、跨時空的心靈活動，就以〈是那片古趣的聯想？〉這篇散文來說吧。我當時在劍橋，對劍河、對劍橋的建築、對劍橋的草木、對劍橋的月光所感染到的，是一種古典的味道，很熟悉，好像曾經來過，怎麼說呢，那是詩裏面的，中國古詩裏面的。現實中劍橋的物景我雖然第一次晤對，但在想像世界中我的的確確早就徘徊過不知幾回了。故一見到她，我立即有「就是它了」的一種感覺。它給你一種感覺，一種不陌生的感覺，一種「曾經來過」的感覺，所以我寫：「曾經來過？是的，我確有些面熟，但我已記不起在哪裏見過了。是杜工部詩中的錦官？是太白詩中的金陵？抑是王維樂府中的渭城？有些像，但又不像！但我何來這樣的感覺？是佛塞西雅的聯想？還是因劍城的那片古趣？」

林：一種古典的味道？是純粹美學的還是歷史的……

金：什麼是「古典的味道」，也許未必能說得清楚，但你我的確都能深深地感受到，它是經過時間的洗禮後的一種美，是美學的也是歷史的。兩樣都有，都糾纏在一起了。甚至中國、西方之分別，在這樣的情景交融中都分不清了。

林：《海德堡語絲》所收〈最難忘情是山水〉(見《敦煌語絲》，牛津大學出版社，二〇〇八；中華書局，二〇一一。)一文終於在景在情都回到中國來，又是怎麼樣的聯想？

金：你或許不知道，那篇文字寫於一九八五年，是我第一次踏上離開了三十五年的中國故土，「少小離家老大回」，心情是很複雜的。那篇文字着墨最多的是山水，是文化中國，不是政治中國。那些難以忘情的山水，其實我以前大多數並未去過，然而我在夢中卻不知去了多少回了。故土之行不久，我去了德國的海德堡，在他國異鄉常常在潛意識裏，不知不覺中都會想起中國。中國對我是一個龐大而有無數意義交集的符號叢結。當我在海德堡高弗茲博物館看到六十萬年前的「海德堡人」我就自然地想到我們的祖先「北京人」來，我問：「他(她)老人家現在何處？」

在巴黎凡爾賽宮驚眩於金碧輝煌的秋色時，我不禁想起故宮，想起景山，更想起北大附近西山的紅楓，「聽人説，西山的楓葉像西天的一片彩霞」，我這樣寫。

令我自己都有點訝異的是，當我在日內瓦古城一家客棧，打開七樓的窗簾，見到一片初雪時，我這樣寫：

眼下所見的屋頂盡鋪着閃閃發光的白雪，一輪旭日從中國的方向升起！

我的胸中筆下與中國這個符號叢結有太深的關連。

林：寫那篇文章時印象最深的是……

金：你記得我怎麼寫南京，寫中山陵嗎？我是這麼寫的：

中山陵是中山先生之陵寢，瞻仰者絡繹不絕。晨雨之後，郁郁蒼蒼，更顯得沉雄博大……中山陵共三百九十二級，從下面望上去，層層疊疊，如有千級，有高山仰止之感；從上面往下看，則只見一片片廣闊的平台，似全無階級也。此最能顯中山先生平易近人的精神。中山陵出自呂彥直的手筆，當時他不過三十許人，他的設計之難能處，在於捕捉住中山先生人格之偉大，卻沒有把中山先生塑造為神！

還有我寫蘇州，可是一種痛啊！

　　進蘇州，已是近午時分。梧桐的濃陰遮不盡白牆、墨瓦的古意雅趣，小城的街道玲瓏得我見猶憐。還來不及咀嚼匆匆的第一面，汽車、單車、人群之爭先恐後，此起彼落的喇叭聲，我那份準備擁抱江南半個仙鄉的心情已經冷了半截，更有那一塊塊、一條條店面上的簡體字，把這個兩千四百九十九年的名城裝點得今不今、古不古。最難堪的恐還是穿插在大街小巷的小河，水仍是水，只是已成為與污物浮沉的濁流了！

我說擁抱江南半個仙鄉，因為另半個是杭州。接着寫到西湖：

　　在西湖，舉目所讀之景，莫非一篇篇上佳小品文；漫步白堤蘇堤之上，更像是踏在一首首千古傳誦的詩篇上了。

林：寫得真好！

金：蘇杭、蘇堤白堤，幾百年來太多文人墨客寫過了，這是我們的財產，但也可以是我們的負擔。中國文學傳統有時會把人壓得喪失了創造力，例如你看美人會很容易想起「沉魚落雁之美」的文句。第一個能使用「沉魚落雁」的人真有想像力，然而我們如果陷入駢四儷六，成語典故，則終陷入一種文化的模型中跳不出來了。文學如此，畫也一樣。我們說陳腔濫調的文學，就是指被定型了，就是指沒有想像力了。文學要有發展，一方面需要浸淫在文學傳統中，但另一方面又要能從傳統文學一層層的包圍中掙脫出來。

林：我們讀書可將勤補拙，但怎樣才能走得出來呢？古典文學世界畢竟美得如詩如畫。

金：傳統越厚，文學世界當然越豐美，但對個人而言，它是文化資源，但也可能是負擔。本來嘛，要在承繼傳統中，又要有突破確是難乎其難的，所以，不是說，獨領風騷五百年嗎？這是誇大的說法，但也正說明在中國巨大的文學傳統中，要有巨大的原創性的突破是少之又少的。倒是十九世紀末以來，西湖東來，中國傳統受到前未之有的挑戰，這固然不幸導致許多傳統的破壞，但卻也因此開闢了文學（不止文學）這新路。

林：金教授，你寫「語絲」，可見出你對文學之愛，不過，你的專業是社會學，從文學到社會學，這條路是怎樣走上的呢？

金：是的，我是從事社會學的。我對文學有所愛，但畢竟是社會學之外的興趣。我求學的道路平穩而多變，從修讀法律始，到政治學，到國際事務，最後落腳在社會學。我之對社會學發生興趣，那是因為它對我關心的大問題，即中國之變與中國之出路提供了最有力的思考的資源與着力點。一九六六年我出版的《從傳統到現代》已可看出我已走上社會學之路，誠然，我的性向，我的人文情懷，都影響我的社會學思維的傾向。

林：後來怎麼來到了香港中文大學？

金：一九七〇年來香港中文大學實在是又一因緣。當時，中國著名的社會學家楊慶堃教授應中大創辦校長李卓敏先生之邀請，幫忙發展中大的社會學。楊教授曾看過我寫的《從傳統到現代》，是他寫信到美國，極力鼓勵我來中大的。想不到，我一來就來了三十年。這三十年我不止目睹香港由一個「殖民城市」轉向世界級的大都會，並且有幸參與了中大的發展與轉化過程。不誇大地説，中大今天已經是一間世界級的大學了。楊教授已作古，我對他有很深的感念。他是一位了不起的社會學家，也是一位了不起的人。今年十一月底，美國匹茲堡大學與中大共同舉辦一個國際研討會，是專門為紀念與肯定楊慶堃教授的學術貢獻與事業成就的。

林：我記得思果先生寫「文學的沙田」圈子，説你是「幾乎是唯一對任何人物、任何事情都徹底研究過，而且有了結論的人」……

金：這是思果對我的印象。我與思果不算太熟。我很喜歡他的散文，是英國式的，很淡，也很醇，是一流的。當時中大有一個文學圈，包括余光中、宋淇、梁錫華、思果、黃維樑等人，時有文學沙龍活動。我不是圈子裏的人，我當然是樂見其成為一種氣候的。後來黃維樑編《沙田文叢》，將我的《劍橋語絲》、《海德堡語絲》收入到文叢裏。

林：《大學之理念》此書在台灣不斷再版，甚至成為大學生必讀書，最近港大風波，胡恩威還撰文説何不好好讀一讀金教授你的書。然而，我好像未讀過你專門討論中大……

金：《大學之理念》很榮幸香港有胡恩威先生這樣的知音。的確，我沒有專門寫中大的文章，不過我擔任新亞書院院長時，倒寫過不少關於新亞書院的文字。其實《大學之理念》裏面不少筆墨是寫新亞的。中大這三十年來經過了很大的「都市化」的過程。所謂大學都市化，簡單說來就是在校園中你會碰到許多人你是不認識的了，從人文來說，都市化是一種「陌生化」的過程。大學不再是傳統小鄉鎮，而是一個城市。University 已變為 multiversity。

林：可小鄉小鎮的生活往往最令人懷念，大學為什麼總要不斷地發展呢？

金：當然，當然，當大學是小城鎮時，那種大小老少學者聚在一起論道談藝是很令人神往的境地。不是嗎？把酒（茶、咖啡）談天說地不是我們喜愛的一種學術生活嗎？然而現代大學不斷在發展，都市化當然與「陌生化」分不開，但我們也應該看到另一方面，都市化可以減少了小鄉鎮那種「集體的暴力」，沒有了周圍的吱吱喳喳，指手畫腳，個人性更能得以突現。在一種都市化環境中，個人更多一種選擇的自由。你無法與所有的人都有溝通、對話，但你可以選擇你的圈子、談你想談的，分享你願意分享的，選擇是人生的大問題、也是我們現代人的主題，存在主義把選擇放到中心位置，選擇是自由之源，也是到「真誠」（authenticity）

之路。整體上看，大學變得太大了，缺少了小鄉鎮那種人人見面噓寒問暖的親切情調。不過深一層看，在大學裏的有許多世界，許多小社會，書院是一個社會，學系也是一個社會，在學系裏，不用說實驗室裏緊密合作，學系裏的學術討論密度也遠比以前大得多。離「道」更近了。大學因而表現出來的力量比以前更大了。

林：當代博雅教育大師巴森（Jacques Barzun）對百年來西方文化本身理性的過度發達顯然不以為然。近日余英時教授、甘陽、夏志清教授都撰文說巴森的新書《五百年來的西方文化》值得認真一讀，而若說到對人文教育的悲觀，莫如耶魯文豪布羅姆（Harold Bloom），他說現在大學連莎士比亞也講不下去。經典失卻了經典的地位，大學怎麼辦？

金：巴森對西方文化理性過度膨脹的批判是可以理解的，布羅姆對人文教育的感嘆更容易引人共鳴，經典確是失卻了經典的地位。中文大學的鄧仕樑教授還寫過一本《沒有經典的時代》的書。我想中國的人文學者對經典失落可能比巴森、布羅姆的感受更為強烈。在西方大學裏，有莎士比亞講不下去的感歎，而在中國大學裏，不但要考慮中與西的學術文化傳統的定位，還要對一個「科技性文明」的基本意義有所掌握，現在碰上全球化浪潮，更不能不讓大學生有全球知識，世界關懷。的確，在香港的大學裏，大學只有三年，學生的時間就這麼多，課程怎麼安排？這確是大問題。中大一直堅持在專業教育外，要有通識教育，就是希望「中大人」能成為合格的現代的中國知識人。這些問題，我在《大學之理念》中談得不少。

林：大學教育漸漸朝向全民化教育，大學教育的目標是否仍是培養專業人才呢？培養全人式的大學教育還有可能嗎？

金：你說到全人（total man）教育的問題，香港本地有些大學的教育目標誠然是「全人」教育，但在大學的結構中，推動全人教育與專業教育是有緊張性的。香港的大學行三年制，已經對通識教育扣上了緊符咒，很少空間發揮。再則，在香港，大學不能不重專業教育。原因呢？香港百分之八十五以上的大學生，畢業後會立即到社會上各行各業去工作，只有少部分人會繼續念研究所。所以我們的大學教育不能不考慮他們日後就業的專業知識。因此，專業的課程排得很重。中大當然明白，大學只傳授專業知識是不夠的，不完整的，所以我們同時重視通識教育。至於專業教育中的雙方修制、主副修制等等，都是為擴大個人的知識視野。

林：人文教育在大學扮演怎麼樣的角色？

金：社會越發展，分工越厲害，學術的分裂與分化是不能避免的。在傳統時代，人文教育是大學的主導，但在現代，人文教育的位序已不再獨尊了。一九五九年，劍橋斯諾（C. P. Snow）就說到「兩個文化」的衝突，他說，劍河兩岸，一邊是人文，一邊是科學，他的話在太平洋兩邊引起很大的爭論，而這個爭論直至今天仍未完。社會學家柏深思（T. Parsons）更提出第三個文化的概念，即是社會科學。前些天華勒斯坦（I. Wallerstein）在科大講開放社會科學（open social sciences），我被邀去作評述。

華勒斯坦認為社會科學未必能獨自成為一個文化，但它倒拉近了人文和科學的距離。他甚至認為，從本體論講，人文（human）和自然（nature）不必截然對立。人的世界與自然世界有相通之處。

林：我們已進入二十一世紀，在第三個千禧年開始的第一個龍年，你如何看中國文化的前景？

金：今天我們畢竟已踏入了二十一世紀，我們傳統的文化宇宙已改變了。中國文化今天遇到的不是張之洞遇到的問題，也不是王國維遇到的問題，甚至也不是胡適之遇到的問題，我們遇到的是「科技性文明」的問題。我們所要面對的不是要不要「科技性的文明」，而是要什麼樣的科技性文明，過去科學在世界之中，今天世界在科學之中。海德格爾說過今天談文化，如不考慮科技是不會深刻的。對科技拒斥是沒有必要的。十六七世紀開始以來的科學，改變了「自然」，控制了自然。科學讓我們了解世界，科技則改變了世界。到了今天，科技已在改變「社會」。社會改變了，從我們早上出門上班坐車、搭電梯、打電話、用互聯網，一切都在改變。二十一世紀，科學開始要改變我們「人」本身了，人的定義，人的存在的意義都會成為新問題。複製人會出現……你可不要笑呀。中國文化，其實應該是人類的文化，都要面對科技性文明帶來的挑戰。科技在整體上無疑增加了人類的文明性，第二個千禧年開端之時，距今一千年，那時中國或西方的文明是怎樣的呢？我毫不猶疑地會樂意生活在今天的文明。你呢？誠然，新科技也帶來危機，有危險，也有機會，中國文化的理性的人文傳統在新文明的建構中，將會是科技的夥伴，而不是對手。中國文化的根本精神是非科技的，但不是反科技的。

林：三十多年前寫《從傳統到現代》，主張中國的現代化，不知你對近年對「現代化理論」的批判，對「現代性」問題的反思與討論，還有「後現代主義」的興起，有什麼看法？

金：我對中國現代化的立場沒有變，我認為中國更應加快、加深現代化。現代化仍是二十一世紀中國的大業，這是中國自十九世紀末葉開始的「現代轉向」的「漫長革命」(借用 Raymond Williams 的書名)。諾貝爾獎得主墨西哥大詩人帕斯曾説墨西哥是「命定地現代化」(condemned to modernization)，其實，中國也一樣。至於「現代化理論」，乃指五六十年代美國柏深思開展出來，影響當時整個社會科學界的理論。「現代化理論」是有其理論的盲點，並且有「美國中心」的傾向性。但是，這個「特殊的」現代化理論的失勢是一回事，全球現代化的持續發展是另一回事。現代化之路不是一條，而是多條。同一理由，「現代性」也不能以歐美出現的現代性為範典(paradigm)，它只是「現代性」的一個案例，當然是極重要的案例。今天學術界已有相當的共識，那未來出現的，或還在形成的是「多元的現代性」(multiple modernities)。不久前艾森思坦(S. N. Eisenstadt)在香港演講，也講的是全球多元現代性。中國現代化所追求的是一個中國現代性，或者説，中國的新文明秩序。現代性的建構是充滿發展空間的事業，並沒有一個先驗或預設的狀態。「後現代主義」一詞多義，有不同的流派，有不同的問題意識。我在此不會討論「後現代主義」，至於「後現代主義」中持「現代之終結」的立場者，則迄今我還沒有看到真正有説服性的理據。誠然，「後現代主義」中對現代主義，對「現代性」的批判，確有重要的反思。不過「現代性」本身就是有內構的「反思力」（reflexivity）。總之，從社會學的觀點，我們還在建構「中國現代性」的過程中。

海德堡語絲

責任編輯：黎耀強
封面設計：吳丹娜
排　　版：時　潔
印　　務：劉漢舉

著　　者　金耀基

出　　版　中華書局（香港）有限公司
香港北角英皇道 499 號北角工業大廈一樓 B
電話：（852）2137 2338　傳真：（852）2713 8202
電子郵件：info@chunghwabook.com.hk
網址：http://www.chunghwabook.com.hk
發　　行　香港聯合書刊物流有限公司
香港新界荃灣德士古道 220-248 號
荃灣工業中心 16 樓
電話：（852）2150 2100　傳真：（852）2407 3062
電子郵件：info@suplogistics.com.hk
印　　刷　美雅印刷製本有限公司
香港觀塘榮業街六號海濱工業大廈四樓 A 室

版　　次　20024 年 7 月初版

規　　格　16 開（188mm×125mm）

ISBN　978-988-8861-91-0